徳の政治

小説フランス革命16

佐藤賢一

集英社文庫

徳の政治　小説フランス革命16　目次

地図・関連年表デザイン／今井秀之

【前巻まで】

1789年。飢えに苦しむフランスで、財政再建のため国王ルイ十六世が全国三部会を召集。聖職代表の第一身分、貴族代表の第二身分、平民代表の第三身分の議員がヴェルサイユに集うが、議会は空転。第三身分が憲法制定国民議会を立ち上げると国王政府は軍隊で威圧、平民大臣ネッケルを罷免する。激怒したパリの民衆がデムーランの演説で蜂起。王は革命と和解、議会で人権宣言も採択されるが、庶民の生活苦は変わらず、女たちが国王一家をヴェルサイユ宮殿からパリへと連れ去る。

議会もパリへ移り、タレイランの発案で教会改革が始まるが、難航。王権擁護派のミラボーが病死し、ルイ十六世は家族とともに亡命を企てるも、失敗。憲法が制定され立法議会が開幕する中、革命に圧力をかける諸外国との戦争が叫ばれ始める。

1792年、威信回復を目論む王と、ジロンド派が結び開戦するが、緒戦敗退。民衆は王の廃位を求めて蜂起、新たに国民公会が開幕し、ルイ十六世が死刑になる。フランスは共和国となるが、諸外国との戦況は暗転、内乱も勃発。革命裁判所が設置され、ロベスピエール率いるジャコバン派が恐怖政治を開始、元王妃やジロンド派が次々に断頭台へ送られた。

革命期のフランス

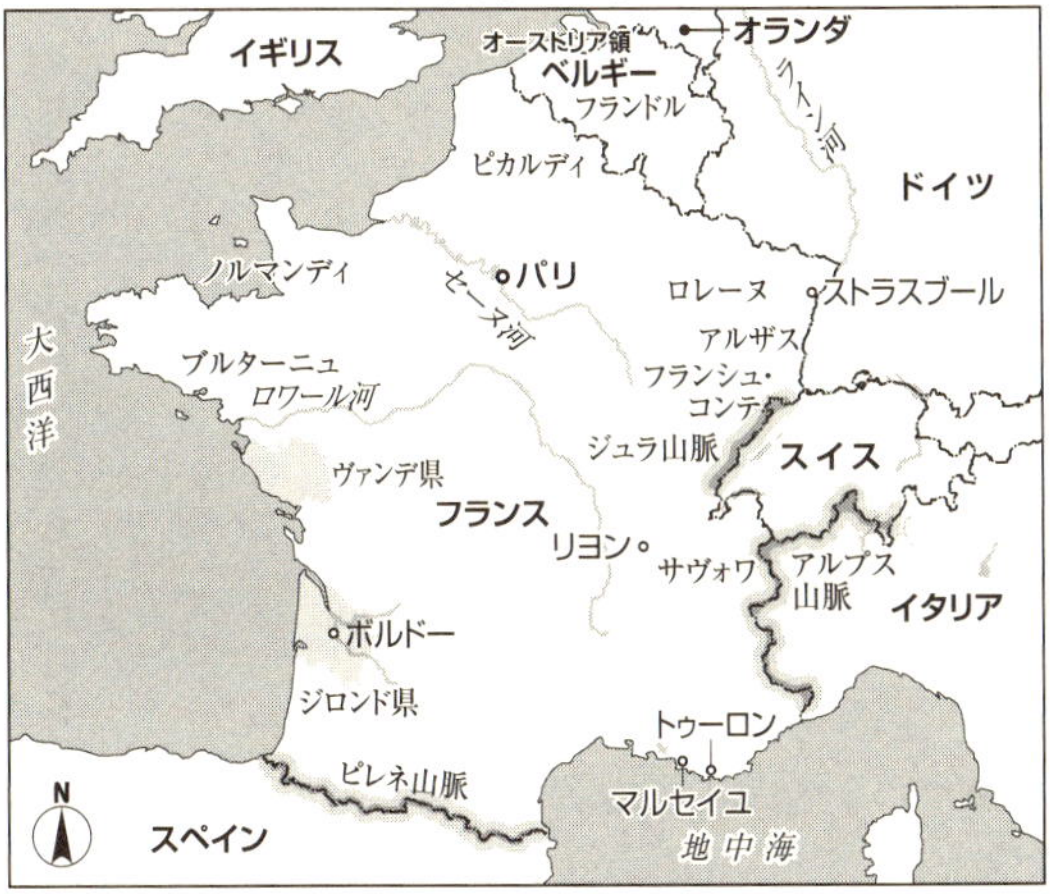

革命期のパリ市街図

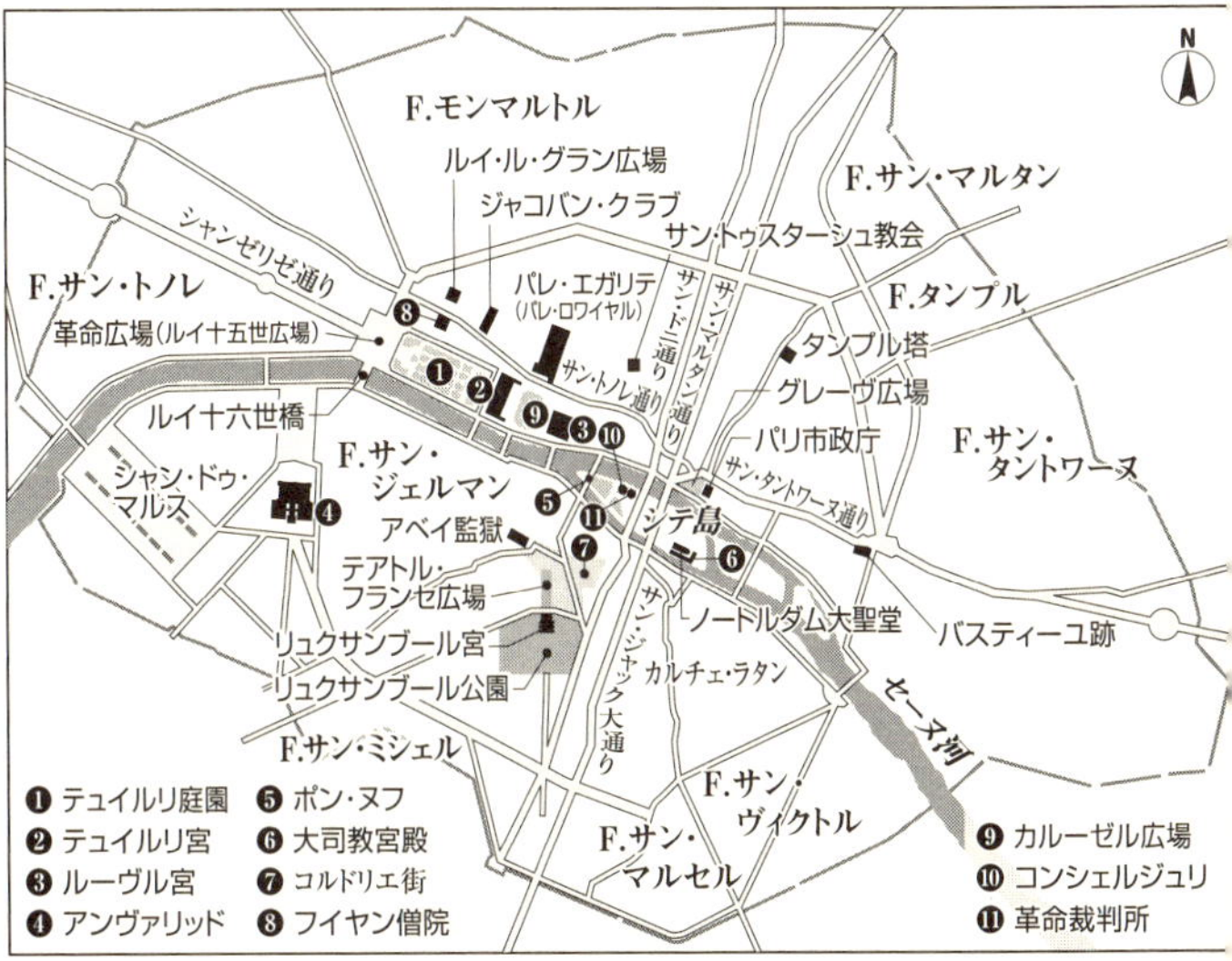

＊主要登場人物＊

ロベスピエール　国民公会議員。公安委員
デムーラン　新聞発行人。国民公会議員
ダントン　国民公会議員。元法務大臣
エベール　新聞発行人。パリ市の第二助役
サン・ジュスト　国民公会議員。公安委員。ロベスピエールの側近
ルバ　国民公会議員。保安委員。サン・ジュストの盟友
ショーメット　パリ市の第一助役
ロンサン　コルドリエ派。エベールの弟分
ヴァンサン　コルドリエ派。エベールの弟分
モモロ　印刷屋。コルドリエ派のご意見番
ビヨー・ヴァレンヌ　国民公会議員。公安委員。コルドリエ派
コロー・デルボワ　国民公会議員。公安委員。コルドリエ派
ファーブル・デグランティーヌ　劇作家。元法務省書記官長
リュシル　デムーランの妻
マリー・マルグリット・フランソワーズ　エベールの妻
クレール・ラコンブ　女性活動家。元女優
マラ　元新聞発行人、元国民公会議員。1793年7月13日、暗殺される

Les dieux ont soif.

「神々は渇く」
（デムーラン　1794年３月　『コルドリエ街の古株』第７号）

徳の政治

小説フランス革命16

1――晴れ間

トゥーロンが奪還された。

かかる祖国の壮挙が、国民公会《コンヴァンシオン》の公安委員会代表ベルトラン・バレールにより議会に報告されたのは、共和暦第二年雪月《ニヴォーズ》四日、あるいは一七九三年十二月二十四日のことだった。

ヴァール県トゥーロンは、地中海に臨む軍港都市である。フランス海軍における最重要軍港のひとつといっても過言ではない。

これが八月二十七日、イギリス海軍に占領されていた。攻め落とされたわけでなく、地元当局を牛耳《ぎゅうじ》る王党派が内通して、外国の艦隊を自ら呼びこんだ。八月二十九日にはイギリスのフッド提督を、正式な支配者として迎え入れたのだ。

衝撃的な事件だった。共和国の誕生に泥を塗られたようにも感じられた。それは捉《とら》え方だとしても、パリの革命政府に反感を覚える諸都市が、ならばとトゥーロンに続く恐れがないではなかった。

当然、フランス軍は奪還に乗り出す。作戦の成功は国家の至上命題でもある。ところが、トゥーロンは大小様々な島々が散らばる複雑な入り江の地形に恵まれた、難攻不落の海軍基地なのである。

ジャック・クリストフ・デュゴミエ将軍のフランス軍は苦戦した。国民公会はリコルド、サリセッティ、バラス、フレロン、なかんずく公安委員マクシミリヤン・ロベスピエールの実弟、パリ選出議員オーギュスタン・ロベスピエールを、派遣委員として現地に送りこんだ。その総力を挙げた奪還作戦が、霜月《フリメール》二十九日あるいは十二月十九日、とうとう結実したというのだ。

オーギュスタン・ロベスピエールが公安委員会に寄せた報告によれば、ナポレオン・ボナパルトという若い砲兵隊長が出色の働きを示したとのことだったが、いずれにせよ、イギリス海軍に占領されていた軍港が、祖国フランスの手に戻されたのだ。

——さあ、フランスは勝ち出すぞ。

もとより北部方面軍は、公安委員にして派遣委員カルノの働きで攻勢に転じている。アルザス方面軍も、やはり公安委員にして派遣委員サン・ジュストの号令一下に奮闘し、ラインラントの前線を押し上げた。

リヨン、ボルドー、マルセイユと、ジロンド派に呼応した国内の反乱も、大方が鎮められた。最大の反乱が「ヴァンデ戦争」だったが、ここでも雪月三日あるいは十二月二十三日のサヴネイの戦いで、ヴェステルマン将軍の共和国軍が決定的な勝利を収めた。ヴァンデ軍はデルベ、レスキュール、ボンシャンと、有力な指導者が戦死や負傷で次から次と戦線離脱を余儀なくされたこともあり、もはやほとんど軍隊の体《たい》をなしていないとも伝えられる。

――戦況は確実に好転している。

カミーユ・デムーランは顔を上げた。冬の晴れ間の澄んだ空を仰《あお》ぐほど、心は明るくなるばかりだった。ああ、このまま行けば、フランスは救われる。外国の脅威から解放される。

――今度こそ幸せな国になる。

雪月十八日になっていた。共和暦で数える分には関係ないが、馴《な》れ親しんだグレゴリウス暦でいえば一七九四年の一月七日であり、つまりは新しい年が明けていた。

脱キリスト教の運動家などにいわせれば、それ自体が迷信にすぎないわけだが、デムーランが思うに、やはり清新の気分はあった。ああ、年は改まった。動乱の連続は、もう去年までで終わりにしてもらいたい。今度こそ、良い一年になってほしい。かかる願いが切実であるほどに、節目というものが醸《かも》し出す清々《すがすが》しさに、無理にも浸りたかったのだ。

「だから、歩くよ」

そうやってデムーランは、議会の終わり時分にテュイルリ宮まで迎えに来た馬車を空《から》で帰した。

議員としての体面を整えるためとはいえ、車庫を借り、馬を飼い、御者《ぎょしゃ》まで常雇いにして、馬車は決して安くない掛かりである。それを無駄にするかと思えば、複雑な気分もないではなかったが、その日ばかりは自分の足で歩きたかった。

これだけ晴れれば冷たい風も、今日は爽《さわ》やかに感じられる。でなくとも、夕《ゆうべ》はジャコバン・クラブに立ち寄る予定になっていた。テュイルリ宮からは目と鼻の先だ。国民公会が置かれるのが北側の「からくりの間《マシーヌ》」であれば、玄関から本当に数歩でサン・トノレ通りなのだ。

馬車を使うまでもない。人通りをよけながら、ゆるゆると歩いていっても、まだ少し時間が余るくらいである。

それならパレ・ロワイヤル改めパレ・エガリテで晩飯を食べてもいい。ああ、たまの外食も悪くない。あそこのレストランは少し高い、いや、はっきりいって馬鹿高いが、妻子を家に残して、ひとり贅沢《ぜいたく》を楽しんでも、今日くらいは責められまい。

そう心に続けながら、すたすた、すたすた歩いていくほど、デムーランは身体《からだ》が軽くなった気までした。

「デムーラン議員、こんばんは」

サン・トノレ通りで声をかけてきたのは、天秤棒《てんびんぼう》を担《かつ》いで、前後に大きな樽《たる》を揺らす水売りだった。デムーランも構えず受けた。

「こんばんは。どうです、水の売れ行きは」

「さっぱりですね」

と、水売りは答えた。こちとら井戸から綺麗《きれい》な水を汲《く》み上げているってえのに、汚くてもタダだからセーヌ河の水で十分だなんて、皆さん仰《おつしや》るようになりましてね。

「てえか、前より糞尿《ふんにょう》くさくなくなったなんて、セーヌの評判は最近上々なんでさ」

なんでもパリジャンはもよおさなくなったとかでね。出るほど食べてないとかでね。

そう茶化して、擦《す》れ違っていく表情はといえば、景気が悪い話の割には笑顔だった。

「ねえ、先生、どうなってんのよ」

伸びてきたのが、今度は蕪《かぶ》のように白くて太い二の腕だった。目を向けると、いかにもという感じの、でっぷりしたパリのお上《かみ》さんである。しかも絡むような口調だ。

「あたしったら、もう二時間も並んでんのに、まだパンが買えないのよ。子供が家で待ってるし、ねえ、デムーラン先生、あんた、議員なんだから、なんとかしてちょうだいよ」

「なんとかしてといわれても……」

デムーランは苦笑いで誤魔化《ごまか》すしかなかった。強権を発動して善処することもしなかったが、声をかけた主婦はじめ、連なるお上さん連中とて、それで荒れるというわけではなかった。

実際、パリではパン屋というパン屋の店先に長蛇の列ができていた。例のごとくの食糧問題というわけで、楽しい手間でないことは確かなのだが、今日のところは誰が前に割りこむでも、誰が後ろで喧嘩《けんか》するでもなかった。

――やはり明るさが芽吹いている。

この芽を潰《つぶ》してはならないとも、デムーランは思う。トゥーロン奪還はじめ、共和国にとっての数々の朗報は、もちろん市井《しせい》の人々の耳にも届いていた。つらく、厳しい日々は続いていても、おかげで心は追い詰められることがない。平和が来るかもしれない、心安らかに暮らせる日も遠くないと、僅《わず》かながらも希望を抱《いだ》けているのだ。

――これも恐怖政治《テルール》の賜物《たまもの》なのか。

そう心にまとめて、デムーランは苦笑した。

確かに政治の優柔不断は改まった。軍隊の綱紀粛正も徹底された。当たり前といえば当たり前の話でしかなく、ジロンド派の無為無策から脱しただけだと冷めた見方もありながら、他面では恐怖政治の効果なのだと、一定の評価ができないわけでもない。

――それでも潮時はある。

ジロンド派は確かに排除しなければならなかった。が、そのツケとして強《し》いられたのが、パリ市の第二助役ジャック・ルネ・エベールが率いる、エベール派の増長だった。これを許しておくのにも、限界というものがある。やりたい放題を許してしまえば、せっかく芽吹いた明るさまでが潰される。

2――エベール批判

――世の中はギスギスしていく。

恐怖政治《テルール》の暗さは、やはり否《いな》めなかった。個々の政策を取り上げれば、明るくなれない理由も一目瞭然《いちもくりょうぜん》だった。

例えば、最高価格法である。穀物価格の統制に始まって、今やありとあらゆる商品の値段が、政府発表の一覧にある値段を超えては売れなくなった。これが暴利を貪《むさぼ》りたいわけではない、せめて利益は出したい、仕入れ値を割っては売れないという、ただそれだけの常識的な商人までを、がんじがらめに縛り上げてしまっているのだ。

こんな風なら、強《し》いて働きたいと思わなくなるのも、道理である。仮に値段は安いままでも、市場が品薄になるというのは、当然の結果なのである。

許せない。命の綱の食糧まで出し惜しみするなど、人道にもとる。市場になくても、どこにもないわけでないのなら、必ず探し出してやる。そう憤りの声を発して、革命軍に食糧徴発のための家捜しを繰り返させても、容易に効果は上がらなかった。やはり、ないからだ。押収されるばかりだと思えば、好んで買い溜《かだ》めする馬鹿もいないのだ。

いや、革命軍に奪われるだけならよい。必死の思いで食糧を確保して、ただ飢《う》えた様子がないというだけで、あらぬ噂《うわさ》を立てられるのだから堪《たま》らない。たっぷり床下に隠しているとか、特別な仕入れ先があるとか、それは貴族が流したものだとか、外国の密偵として働いた報酬なのだとか、そういう不愉快な噂だ。

いや、単に不愉快というだけでは済まない。しばしば無責任で根も葉もない、ほんの噂話にすぎないにもかかわらず、それだけで逮捕されることがあるからだ。嫌疑者法が公法として罷《まか》り通っているかぎり、簡単に反革命の罪に問われてしまうのだ。

それも隣人の密告だけで、すぐさま官憲が動き出す。もう誰も信じられなくなる。

――心はすさまざるをえない。

だというのに、かたわらでは脱キリスト教化の運動が無理にも強行されていた。聖職者という聖職者が悪人とされ、教会という教会が閉鎖に追いこまれ、もう説教ひとつ聞けなくなった。この有り様では心の平安など、どこにも求めようがない。

――これがエベールたちが考える理想の社会か。

全部ブルジョワが悪い、金持ちは死ね、これは社会革命だとの論法は措《お》くとしても、貧しきサン・キュロット（半ズボンなし）だって、これで幸せになれるのか。相手の襟《えり》首《くび》を摑《つか》みながら、今にも問い詰めたい衝動に駆られるほど、デムーランの答えは自明だった。

理想の社会であるはずがない。こうまで暗い世の中では、誰も幸せになんかなれない。――要するにエベールたちは、なにも考えていないんだ。

ただ目先の不安に突き動かされて、短絡的な結果を求め続けただけだ。まことしやかな理屈を、ただ後付けしたにすぎないのだ。にもかかわらず、国民公会《コンヴァンシオン》も、パリも、フランスも、その猛威を止めることができなかったのだ。

――これからは違う。

エベール派が勢いづけたのは、ひとつには国難のおかげだった。今日にいたる増長の直接のきっかけとなったのが九月の蜂起《ほうき》だが、これが成功を収めたのも、その直前にトゥーロンがイギリス艦隊に占領されたと、衝撃の報がパリを駆けていたからである。内外に敵を抱えて、フランスは破滅するのではないかとの不安があればこそ、人々は常軌を逸して奔走したのである。

――が、今や戦局は好転しつつある。

フランスが勝ち続ければ、民衆は蜂起に同調することもない。エベール派は国民公会を前にして、従前のような怒濤《どとう》の圧力はかけられない。

連中は、これまでの成果に居直れるわけでもなかった。サン・キュロットさえ救えないでいるのだから、その同じ論法で一方的な罵倒《ばとう》を繰り返すこともできない。ああ、ブルジョワが悪いとはいわせない。金持ちは不潔だなどとはいわせない。

――というか、どっちが不潔なんだ。

そうやって、デムーランは叩《たた》き返してやりたかった。いや、実際に叩き返した。

「デムーラン議員、読みましたぜ」

パレ・ロワイヤル（王宮）から名前を変えても相変わらず重々しい、パレ・エガリテ（平等宮）の塀衝立《へいついたて》を潜《くぐ》るや、そこでも声をかけられた。

「もちろん、『コルドリエ街《ル・ヴュー・コルドリエ》の古株』の話です。エベールの禿《は》げ野郎、自分の『デュシエーヌ親爺《おやじ》』を六十万部も刷り上げて、残さず軍隊に配っていやがったんですね」

それは無数の花束を籠《かご》に抱えて、御婦人連れの紳士を狙《ねら》う花屋だった。パレ・ロワイヤルだった頃《ころ》から、いないでは済まされなかった商売だ。ああ、そうだった。逢引《あいび》きの相手に困らないだけあって、かの大ミラボーも買わずにいられない質《たち》だったなあ。

そんなことを思い出しているうちに、花屋は続けた。

「あげくに陸軍省の予算から、六万リーヴルもせしめてやがったっていうんでしょう。許せねえ、あんちくしょう。絶対に許せねえ」

告発記事の掲載は雪月《ニヴォーズ》十五日あるいは一月四日、『コルドリエ街の古株』の第五号の話だった。

霜月《フリメール》十五日あるいは十二月五日に第一号を発刊、それから一月《ひとつき》にして五号を数え、『コルドリエ街の古株』は順調な刊行を続けていた。まさに順調、いや、順調すぎるほどだ。

「その通り、まったく許せませんねえ」

飛び入りは回廊のブティークを覗《のぞ》き覗き、それまで陶磁器を物色していた紳士だった。いや、実際のところ、ブルジョワも、サン・キュロットもありませんよ。

「貧乏人を救えとか、ブルジョワばかり肥やすなとか、たいそうな理屈を吠《ほ》えておきながら、誰より自分たちが潤っていたわけですからね」

そう紳士が結ぶと、花屋が受けた。このパレ・エガリテにも頻々と来ますぜ。やけに上等な身なりの紳士に連れられて、あっちのカフェ、こっちのレストランと派手に梯子しやがるなあと思っていれば、肉が悪い、胡椒《こしょう》が古い、酒が合ってないなんて、もう美食家気取りの横柄口です。

「エベールの野郎、いってることは支離滅裂だが、やってることは、はん、とってもわかりやすいんですよ、旦那《だんな》」

「それはデムーランさんの『コルドリエ街の古株』を読めば瞭然だね」

実際のところ、エベール批判を特集した第三号から、人気に火がついていた。今のコルドリエ派、つまりはエベール派の革命は「すぎた革命《ウルトラ》」だ、アナカルシス・クローツの宗教政策も間違っていると論じたとたん、世の読者が飛びついてきたのだ。

エベール派の勢いに恐れをなして、誰も発言しなかったので、是非を論じる機会もなかっただけで、その実は少なからずが疑問に感じていたということだ。ひとたび反撃の狼煙《のろし》が上げられれば、追随しようという者は真実、跡を絶たないのだ。

「それにクローツにしてみたところで、あれは外国人なわけでしょう。フランスのことを、どこまで真剣に考えているものやら」

「いや、はっきりいっちまえば、フランスを食い物にしたいだけなんですよ。デムーラン先生にプロイセン王の手先なんだっていわれたとき、やっぱ、そうか、エベール派ってのは、そうだったのかって、妙に納得したものですよ」

そうした中傷の類《たぐい》までが鵜呑《うの》みにされた。僅《わず》か二号にして、『コルドリエ街の古株』は熱狂的な支持を得たということだ。いや、ここまで当たるかと、デムーラン自身が当惑するくらいの、まさに爆発的な人気といってよかった。

街を歩けば、声をかけてくるサン・キュロットは一人や二人ではなかった。ブルジョワとなると、やや態度が慎重だが、たまさかカフェやレストランで居合わせれば、やはり話しかけてくる。

嫌疑者法が猛威を振るう世の中であれば、誰に見咎《みとが》められ、誰に密告されるか知れたものではないからと、手紙をよこす読者も多い。「貴紙を嬉《うれ》しく読みました」の書き出しで、日に何十通と届けられるので、事務所兼のアパルトマンの管理人が辟易《へきえき》しているくらいである。

——つまり、僕の『コルドリエ街の古株』は成功した。

エベールのように部数六十万とはいかない、たった五万部にすぎなかったが、そこがかえって熱狂の一因になっていた。

人々の話題になるにつれ、自分も読みたい、自分も欲しい、自分も買いたいと、『コルドリエ街の古株』は奪い合われる体《てい》になったからだ。読んだ端から譲ってほしいという話にもなり、転売、転売と繰り返されるうちに、高《たか》が古新聞に二十四リーヴルもの高値がついたほどなのだ。

もちろん、デムーランの儲《もう》けになるわけではないが、嬉しいのは熱心に求められて、『コルドリエ街の古株』は読み飛ばされないことだった。これが『デュシェーヌ親爺』となると、軍隊という軍隊に配られたはよいが、どれだけきちんと読まれているものか。

3――寛大派

「いや、もう『デュシェーヌ親爺《おやじ》』なんか読みませんや」

「これからは『コルドリエ街の古株』を愛読いたします。どんどん出してください、デムーランさん」

紳士と花屋はそれぞれに続けていた。そうするうちに意気投合したらしく、薔薇《ばら》の一輪が売れたことは幸いだったが、さておき、かの「人民の友」マラ亡きあと、『デュシェーヌ親爺』に引きずられっ放しだった世論を、ここに来て強力に引き戻したことは事実だった。

「私は第四号に痺《しび》れました」

パレ・エガリテの懐かしきカフェ・ドゥ・フォワで、軽い食事を済ませている間にも、ひっきりなしに声をかけられる。前後左右の隣席から話しかけられ、この寒いのにテラス席を選んだ報いか、庭園をぶらぶらしていた輩《やから》までが話に加わろうとする。

「今の国家が自由のそれでないことは百も承知だ。しかし、我慢だ。いつか自由になるのだから我慢だ。そんなことという奴《やつ》は嘘《うそ》つきだって、そう断じた件のことでしょう」

「馬鹿野郎、そいつは前ふりにすぎねえんだよ。デムーランさんの話の肝《きも》は、『寛容委員会』の設立を提案したところにあるんじゃねえか」

「あの『牢獄《ろうごく》を開け』の頁《ページ》ですな。ええ、ええ、確かに痺れました」

デムーラン本人はタジタジで、容易に返事もできないでいるというのに、「パリの英雄」を囲んでいると思うだけで興奮気味の人々は、どんどん勝手に論じていく。

雪月四日または十二月二十四日に刊行した第四号の、それがデムーラン入魂の一文であることは確かだった。

「牢獄を開け。嫌疑者などと呼ばれている二十万人を解放するのだ。なんとなれば、人権宣言においては、嫌疑者のための建物などなく、逮捕者のための建物があるだけだからだ。嫌疑は牢獄とは関係ない。それは訴追検事の管轄《かんかつ》だ。法で定められた犯罪行為があったと、推定される人間がいるだけなのだから、そもそも嫌疑者などという存在からして、ありえないのだ。

だから、牢獄を開け。それが共和国の不幸につながる、などとは考えないでほしい。今まさに行われているのは、誰も試そうとしなかったほど、すぎて革命的な処方だからだ。ひとつ自問してもらいたい。諸君は敵という敵を全て断頭台に送りたいのか。とんでもない狂気の沙汰《さた》ではないのか」

　いうまでもなく、嫌疑者法の濫用《らんよう》を牽制《けんせい》する文章である。

　直接的には霜月二十四日あるいは十二月十四日、さらに霜月三十日あるいは十二月二十日に、エベール派が二度も国民公会《コンヴァンシオン》で繰り返した発言に即応したものだった。ジロンド派であるために、あるいはジロンド派とみなされたために投獄された、全部で七十五人の議員を、即刻裁判にかけるべしと、連中は強い口調で議会に要求していたのだ。

　――しかし、なかには愛国者もいる。

　ジロンド派に近いとか、ジロンド派の政策に賛成したことがあるとか、その程度の関与で革命裁判所に送られるべきではない。いや、そもそも嫌疑の程度で投獄されることがおかしい。そうしたデムーランの主張には、エベールのほうでも気づいたらしく、そのまた直後に名指しで反論を寄せてきた。

「牢獄を開けだと、くそったれ《フートル》。ヴァンデ軍をこしらえなおそうって話かよ。それとも、もっと悪い報《しら》せを別に聞きてえって了見かい。はん、おめえら、カミーユ先生のいうことなんて聞いてみな。そのうちにサン・キュロットは、貴族の足元に這《は》いつくばることになるぜ。お恵みを、なんていいながらな」

　これが先週の『デュシェーヌ親爺』なのだ。

　紙上の舌戦だけではなかった。告発合戦も続いていた。あちらがエベール派もしくはコルドリエ派ならば、こちらはダントン派、あるいは最近の呼び方にいう「寛大派《アンダルジャン》」の争いである。

発端は東インド会社の清算問題だった。経営不振のため、十月八日に解散が決まった会社だが、それを清算する諸々《もろもろ》の事務処理において不正を働き、巨利を懐《ふところ》に入れたとして、エベール派がダントン派のシャボやバズィールを告発したのが始まりである。霧月《ブリュメール》二十七日あるいは十一月十七日には、シャボとバズィールの逮捕に運んだ。これにダントン派は猛然と反発したのだ。

霜月十五日または十二月五日にはメルラン・ドゥ・ティオンヴィルが、全ての議員にシャボとバズィールに面会できる権利を認めよと、同霜月十九日あるいは十二月九日にはフィリベール・ジモンが、人民協会《ソシエテ・ポピュレール》に告発された成員を保護できる権利を与えよと、それぞれ国民公会に要求した。

東インド会社の清算に関する調査報告を、保安委員アマールと並んで、ダントン派の重鎮ファーブル・デグランティーヌが命じられていた有利も大きかった。本件には多くの外国人が関与している、クローツ、デュビュイッソン、ペレイラと外国人ばかり出入りさせているエベール派こそ怪しいと言及して、ダントン派は反発から反撃に転じることができたからだ。

実際、ファーブル・デグランティーヌは新たな告発を行い、これを受けて国民公会は霜月二十七日あるいは十二月十七日に、今度はエベール派のロンサンとヴァンサンの逮捕を議決することになった。

ダントン派の優勢になっていた。ダントンがパリに戻ってきたときには、東インド会社絡みの横領事件で自身の逮捕も時間の問題といわれながら、今や追いつめられつつあるのはエベール派のほうなのだ。

なるほど、休養を切り上げたダントンを先頭に、ダントン派は挙げての猛反撃だ。『コルドリエ街の古株』の影響力で、大衆の支持もダントン派にある。戦局まで好転しつつあれば、世人《せじん》の不安につけこむこともできず、エベール派の横暴も以前のようには通らない。

――もうひとつには、マクシムのおかげだ。

そう心に呟《つぶや》けば、明るい希望の光はデムーランの胸のなかで、ぐんぐんと大きくなるばかりだった。

ロベスピエールは嘘《うそ》をつかなかった。かねてからの友情は本物だった。であれば、公安委員会の一員であり、事実上の指導者であり、ということはフランスの首班に等しい人物が、エベール派の排斥《はいせき》を誓った言葉のままに、一緒に戦ってくれているのだ。

「今度もロベスピエールさんが動いてくれましたね」

「雪月四日の新聞でデムーランさんが『寛容委員会』を提言なされたとたん、雪月六日には国民公会に『釈放検討理事会』の設立を発議なさったわけですからね」

「ええ、ええ、あやまって投獄されている愛国者を、正確に調査しなければならないと仰って、ロベスピエールさんも強く推進してくださいましたよ」

「てえことは、いよいよ公安委員会を挙げて、エベール派を一掃してくれるんですかね」

「雪月十五日の第五号ですね。『無政府状態は独裁者を産み落とす。その独裁者をこそ私は恐れずにいられない』なんて、またしてもデムーラン先生は書いてくださいました」

「議会なんか関係ねえ、なんて、エベール派ときたらマジで無政府状態大歓迎って態度だからな。国民の代表なんて屁《へ》でもねえなんて、なるほど、あの野郎は独裁者になりたかったわけか」

葡萄酒《ぶどうしゅ》の杯だけ干すと、デムーランは気持ちの良い苦笑で軽めの食事を切り上げた。大きく手を振り、パレ・エガリテを後にしてなお、往来の人々に再び声をかけられる。再びサン・トノレ通りを歩いて、こんばんはとか、ありがとうとか、次号も楽しみにしていてくださいとか、ありきたりな返事を何度か繰り返すうち、飾らない鉄柵《てっさく》の門がもうみえてきた。

――さあ、ジャコバン・クラブだ。

さあ、戦いの始まりだ。こんなに応援されているのだから、もう負けるわけにはいかない。ほろ酔い気分を切り捨てる儀式として、デムーランは腹の底に力を入れた。ジャコバン・クラブにはエベール派もやってくる。数多《あまた》議員を従える派閥でなし、ジャコバン・クラブが主戦場なのだと、エベール派こそやってくる。

――それを正面から迎え討つ。

ダントンと、ロベスピエールと、この僕カミーユ・デムーランの三人で迎え討つ。だから、マラ、みていてくれ。最後に天に呼びかけてから、デムーランは鉄柵の門を押した。

4――フィリポー弁護

その夕《ゆうべ》、ジャコバン・クラブの議論は、会員リヴェの除籍を論じ、パリ国民衛兵隊の副司令官ブーランジェが自らの街区《セクシオン》でなした「国民公会《コンヴァンシオン》は弱い、変えなければならない」との暴言を取《と》り沙汰《ざた》し、さらにヴァンデの派遣委員グーピヨーの弁明を聞き、あげく二日前の雪月《ニヴォーズ》十六日あるいは一月五日に除籍動議が出された会員フィリポーの処遇について継続の審議を行いと、めまぐるしく議題を変えた。

変えるはずで、リヴェとブーランジェはエベール派、グーピヨーとフィリポーはダントン派だった。

やはりといおうか、エベール派はやってきた。当然、こちらのダントン派も後《おく》れを取るわけではない。つまりは、その夜も激しい戦いになった。

ジャコバン・クラブに舞台を移せば、今度は告発合戦ならぬ追放合戦だった。相手の非を鳴らして、その口を封じてしまおう、敵陣の政治力を減らさなければならないと、かかる意図を具体的な形にすれば、除籍動議の提出になり、また追放処分の獲得になるのだ。

デムーラン自身も演壇に立った。仲間のフィリポーを弁護するためだった。

ピエール・ニコラ・フィリポーも、エベール批判を展開する急先鋒《きゅうせんぽう》のひとりだった。ル・マンの出身で、国民公会の議員としてサルト県から選出されてくるまでは一面識もなかったのだが、国王裁判、ジロンド派の追放、そしてエベール批判と共闘を繰り返しているうちに、デムーランも急速に親しくなった。

そのエベール批判だが、フィリポーの場合は反感の発端が、派遣委員としてヴァンデに飛んだ経験だった。

共和国軍の実情をつぶさに観察したあげく、その劣勢はパリ志願兵大隊の無規律と怠惰、「サン・キュロットの将軍」と呼ばれたロンサン将軍ならびにロシニョル将軍の軍事的無能、さらに陸軍大臣の職務怠慢等々に原因があるとみたのだ。

——要するにエベールの息がかかった連中だ。

その旨を国民公会に報告したのが、霜月《フリメール》十六日あるいは十二月六日である。デムーランが『コルドリエ街の古株《ル・ヴュー・コルドリエ》』の第一号を発刊した翌日の話になるが、二枚看板として足並を揃《そろ》えるといえば、フィリポーは筆が立つ男でもあった。

同日に『公安委員会に宛《あ》てた手紙』の題で、小冊子も印刷配布した。その説得的な内容が強力な世論を形成せしめ、ロンサンならびにヴァンサンの逮捕という議会の決断を後押ししたともいわれている。

であれば、エベール派の憎み方も一通りではなかった。コルドリエ派を不当に非難する一党という意味で、「フィリポー派」という言葉を流行《はや》らせたほどで、いうまでもなく、これと狙《ねら》いを定めた反撃も執拗《しつよう》である。

「おうさ、おうさ、サン・キュロットは学がねえよ、くそったれ。軍略の理論だの、戦術の知識だの、専門の技術だのに通じてねえことは認める。それでも共和国の将軍としてみりゃあ、腐れ貴族なんかより百倍も上等じゃねえのか、くそったれ」

その雪月十八日の集会でも、あちらからはエベールが自ら出た。いまひとりの仇敵《きゅうてき》デムーランが弁護を買って出たとなれば、大人しくなどしていられるかというわけだ。美食家気取りの噂《うわさ》を裏づける太り方で、前より動きが緩慢だったが、身体《からだ》が一回り大きくなった分だけ迫力は倍増していた。ぐんと身を乗り出されれば、こちらは思わず身をのけぞらせてしまう。

「えっ、どうなんだよ、カミーユ。軍隊を追い出された貴族のほうが将軍として上だなんて、そんなことというフィリポーを、おまえ、許しておけるのか、くそったれ」

「上だなんていっていない。フィリポーは一種の比喩《ひゆ》として、まだしも貴族のほうが『良き将軍ぶり』を発揮したものだといったんだ。それほどヴァンデの将兵は状態が悪かったというんだ」

「比喩だか、粥《かゆ》だか、下痢便だか知らねえが、それでも貴族を褒《ほ》め称《たた》えちゃマズいだろ、くそったれ。その貴族と戦ってんだから、反革命の発言と取られても仕方ねえだろ、くそったれ」

「なにも貴族を褒めたわけじゃあ……」

「褒めた、褒めた、褒めやがったんだ、フィリポーの野郎はよ。『コルドリエ街の耄碌《もうろく》爺《じじい》』だかなんだか知らねえが、とにかく自分の新聞で、そのフィリポーを褒めたんだから、カミーユ、おまえだって反革命だぜ、くそったれ」

「僕にしても褒めたわけじゃあ……」

旗色が悪かった。客観的には窮地に陥っているはずなのに、エベール本人の勢いは僅《わず》かも衰えていなかった。

土台が直感で動く輩《やから》だ。まだ強気でいるからには、意外や一派は追いこまれていないのかもしれない。そう弱気に駆られて、デムーランが言葉をなくした一瞬に、双方の野次がもう雪崩《なだれ》を起こしていた。

「黙れ、エベール、黙れ。きさまは、そうやって、あることないこと吹聴して、今日まで何人の愛国者を獄《ひとや》につないできたんだ」

「おいおい、嫌疑者法を認めない気か。ダントン派は正規の法律にケチつけようっててのか」

「法律に、じゃない。法律の運用に、だ」

「そうだ。小さな疵《きず》を拡大解釈、拡大解釈したあげくの悪意の中傷で、たちまち反革命に仕立てあげる。おまえらエベール派のやり方は、大いに問題ありじゃないか」

「なにが問題だ。ダントン派こそ、反革命の密偵どもをのさばらせる気か。貴族に好き放題を許すのか。王党派に肩入れするのか。それとも外国の手先なのか」

「それが悪意の中傷だというんだ」

靴だの、鬘《かつら》だの、食べかけの菓子だの、酒瓶だのと、物が派手に飛んでいた。それぞれ塊《かたまり》になって寄り集まり、集会場を二分してはいたのだが、その境目のところでは肩を押し、胸を突き飛ばしが始まり、ほとんど殴り合い寸前にみえた。

その緊迫した対峙《たいじ》の線上に、エベールは演壇の高みから飛びこむのだ。荒れる人波は海に見立てられるとしたか、文字通りに身体を投げ出し、もがくような手足の動きで皆の頭上に暴れながら、なおも喚《わめ》き続けるのだ。おお、百万遍もくそったれだ。

「ビビリやがれ、人民の血を吸う蛭《ひる》ども。もう斧《おの》は振り上げられたってんだ。てめえらの脳天かち割る斧だってんだ」

デムーランには術《すべ》もなかった。演壇を降り、ダントン派の仲間が陣取る一角に紛《まぎ》れながら、どうやって反論したらよいだろうかと、あれこれ思案している途中のことだった。

集会場が静かになった。十分や二十分では収拾がつかないだろうと思いきや、あれという間に騒ぎが引けていったのだ。

「発言を求める。発言を求める」

声だけが耳に届いた。興奮して立ち上がった肩という肩に阻《はば》まれて、その姿はみえなかった。が、次から次と着座されるに及んで、ようやく小さな雄姿を確かめることができた。

いや、確かめるまでもなく、声だけでわかっていた。いや、いや、声を聞くまでもないというのは、余人であれば、こうも簡単に騒ぎが引けるはずもないからである。

「マクシム！」

ロベスピエールだった。やはり出てきてくれた。やはりダントン派の味方だ。やはりエベール派を打倒せずにはいられないのだ。

ジャコバン・クラブの活動においても、ロベスピエールは共闘の姿勢を崩さなかった。霜月二十日つまりは十二月十日の『コルドリエ街の古株』第二号で、デムーランがクローツを責めたときなども、二日後の霜月二十二日あるいは十二月十二日にはクラブの演壇に立ってくれた。プロイセン貴族としての属性ならびに脱キリスト教化の思想が好ましくないと非難、その場でクローツの除籍追放に運ばせたのだ。

雪月十日あるいは十二月三十日に実現したクローツの逮捕も、かかるロベスピエールの態度と無関係ではない。

もちろん、これだけ激しい争いであれば、こちらも無傷ではいられない。

フィリポーが問題とされる以前に、デムーラン自身が除籍動議を提出されていた。『コルドリエ街の古株』が出る前日、霜月十四日あるいは十二月四日の話で、そのときもエベールに、反革命で逮捕されたディロン将軍を庇《かば》ったと責められたのだ。

が、やはり事なきを得た。ロベスピエールが演壇に立ち、すぐさま弁護を展開してくれたからだ。

――今夜の登壇だって、問うまでもない。

それが証拠にエベールの顔つきが変わっていた。もうロベスピエールだって怖くねえ。そう仲間に放言して、確かに怖いというわけではないのだろうが、その影響力の大きさばかりは警戒しないでいられないはずだった。というのも、この「清廉の士《アンコリュプティブル》」がどういう発言をするかが、このジャコバン・クラブでは決定的な意味を持つのだ。

――フィリポーの件は落着したな。

と、デムーランは即断できた。それでもロベスピエールの話は聞こう、いや、それだから是非にも聞いておきたいと、いったん人波に隠れたところから、またぞろ身を乗り出した。

5――注意

「私が取り上げたいのは、やはり市民カミーユ・デムーランの『コルドリエ街の古株』第三号、ならびに第四号、そして第五号です」

開口一番に、自分の名前が挙げられていた。デムーランは自尊心の高まりで、鼻孔が大きくなるのがわかった。うん、うん、マクシムの意見は確かに決定的だけれど、うん、うん、この僕の書いた新聞だって捨てたものじゃないんだ。マクシムが演説に引用したくなるほど、説得力に溢《あふ》れているんだ。

丸硝子《まるガラス》の眼鏡《めがね》をなおして、ロベスピエールは演説の草稿を確認した。

「さて、カミーユ・デムーランの頭には古代の人々の事績が豊富に詰め込まれているようです。霜月《フリメール》二十五日付の第三号を一読すれば、それは一目瞭然《いちもくりょうぜん》となります。紙面では古代ローマの歴史家タキトゥスが、ラテン語から翻訳されて引かれています。作業を進めるうちに、タキトゥスは自分たちより政治的頭脳を持っている、ゆえに自分たちの時代の出来事についても、自分たちより正しく判断できるに違いないと、そう信じるようになったとみえます。またカミーユは、偉人たちの名前を借りれば、革命政府の風刺も簡単になると考えたようです」

うんうん、とデムーランは頷《うなず》いた。うんうん、なるほど、あれは自信の一節だ。

「すなわち、カミーユはタキトゥスを引きながら、カエサルの罪を数え上げました。あげくの結論として、恐怖政治《テルール》は専制政治の娘であると断じたのです」

当然だ、とデムーランは思う。もはや専制以外の、なにものでもないからだ。なによりの証拠に、大勢の人間が殺されているのだ。今のフランスがギスギスして暗いというのも、告発、逮捕、革命裁判所の三拍子で、おびただしい血が流されているからなのだ。

――返す返すもエベール派だ。

密告も十八番《おはこ》であれば、裁判所の証人席をも占拠する。あることないこと吠《ほ》えたてて、最後は決まって「あいつらの首を窓に入れろ、くそったれ」なのだ。首を通す穴が空いている機械など、断頭台しかありえない。つまりは殺せ、殺せ、殺せの一本調子だ。

――それで何人が死んだことか。

元王妃マリー・アントワネット、ジロンド派のブリソやヴェルニョー、オランプ・ドゥ・グージュ、元オルレアン公フィリップ・エガリテ、ロラン夫人、元パリ市長バイイ、元パリ市第一助役マヌエル、わざわざドーフィネから連行された雄弁家バルナーヴ、元法務大臣デュポール・デュテルトル、全国三部会以来のベテラン議員ラボー・ドゥ・サン・テティエンヌ、ルイ十五世の寵姫《ちょうき》デュ・バリ夫人、元ストラスブール市長ディートリッヒ、元外務大臣ルブラン、さらに悲観の末に自殺した元内務大臣ロランと、同じく元財務大臣クラヴィエール……。

エベール派が陸軍省を牛耳《ぎゅうじ》る徒党であれば、将軍の処刑も少なくなかった。

――ウシャール将軍、ビロン将軍、リュクネール元帥《げんすい》……。

かわりに素人《しろうと》同然の輩《やから》を俄《にわ》かに肩章で飾りながら、自分たちの利益で人事を操作する。好き放題の連中は、議会の承認を得るでもない。多数決など求めもしない。

基本的に議会の勢力ではないからだ。大衆を動員し、外から圧力をかけることで、政治を壟断《ろうだん》するというのが、エベール派の手法なのだ。

――まさに専制政治、まさに暴君じゃないか。

デムーランの確信は動かなかった。ああ、エベールは非難されるべきだ。恐怖政治は終わらせるべきだ。もはや発言を躊躇《ためら》うべきではないというのは、戦局の好転を得て、恐怖政治も潮時を迎えたからだ。ああ、十月十日の国民公会《コンヴァンシオン》で、政府が革命的であるのは「平和の到来まで」と明言されている通りだ。

「これは公安委員会批判と読めます」

と、ロベスピエールは続けた。うんうんと頷きかけて、デムーランは呻《うめ》いた。えっ、公安委員会批判だって。あとに訪れたのが、ぎこちない空白だった。なにをいった。マクシムは今なにを……。というのも、公安委員会が専制的であるはずがない。恐怖政治はエベール派に押しつけられたものだからだ。

「これまで私は何度かカミーユ・デムーランを弁護しています。ええ、このジャコバン・クラブで批判にさらされたときなどです」

それはロベスピエールのいう通りで間違いなかった。ええ、ええ、その発言を吟味するに、私は論者の性格というものを加味する余地があると考えたのです。そうした考えには友情も作用していたかもしれません。しかし今夜の私は、かなり違った言葉遣いをせざるをえなくなってしまいました。批判を受けて、カミーユは政治的な異端思想を捨てると、誤謬《ごびゅう》に満ちているがゆえに耳ざわりな提言を断念すると、そう約束したはずです。にもかかわらず、そうした悪が今も『コルドリエ街の古株』の紙面を覆い尽くしているのです。カミーユはといえば、毎号の驚くばかりの売れ行きに、ひたすら得意満面です。けれど、不実な称賛を惜しまないのは、貴族の輩です。新聞を奪い合う勢いなのは、フイヤン派の連中なのです。にもかかわらず、カミーユは数々の過《あやま》ちに導かれた先の隘路《あいろ》に入りこんだまま、そこから出てくる様子もないというのです。

「文章というものは、きわめて危険です。それは我々の敵をして、胸の希望を大きく育てさせてしまいます。かたわらで、世人《せじん》の心を卑しく貶《おとし》めることにも、力を貸してしまいます。ええ、カミーユの文章は疑いなく罰せられるべきものなのです」

はっきりと言葉にされて、ようやくデムーランは問いを吐いた。僕は責められているのか。マクシムに告発されているのか。

――けれど、マクシムは味方じゃなかったのか。

まだ信じられなかった。だって、一緒にエベール派と戦ってきて……。その態度は僅《わず》かもブレなかったというのに……。

「…………!?」

泳ぐような長い髪が、偶然に目に飛び込んできた。デムーランがとらえたのは、聴衆に紛《まぎ》れている女のような美貌《びぼう》だった。サン・ジュストだ。サン・ジュストが帰ってきたのか。派遣委員としてアルザス戦線に飛んでいたはずだが、その使命を終えて、パリに帰ってきていたのか。

――で、なにか、いったのか。

ロベスピエールは盟友である。が、その腹心ともされているサン・ジュストやルバは違う。ああ、あんな小僧たちと共感に達せられるわけがない。僕にせよ、ダントンにせよ、いや、敵のエベールにしてみたところで、最初から革命に参加してきた歴戦の兵《つわもの》だからだ。あんな空言《そらごと》だけの若造に、全体なにがわかるというんだ。

デムーランは譲れなかった。特にサン・ジュストの奴《やつ》は頭に来る。生意気だ。目上を立てるという発想がない。いや、あれこれいうが、すでにして理屈でなく、なにか本質的なところで相いれないものを感じる。ああ、向こうだって、僕のことは嫌いだろう。

——であれば、マクシムの翻意を促すような、なにかを……。

憤然とせざるをえなかった。なんとなれば、せっかく積み上げてきたものを、サン・ジュスト、おまえごときにどうして崩されなければならない。いや、あっさり影響されてしまう、マクシムもマクシムだ。

「おかしいぞ、マクシム」

デムーランは大声で飛びこんだ。おかしいぞ。おかしいぞ。僕がやろうとしていることに、君は共感してくれたんじゃないのか。味方になってくれたんじゃないのか。僕らは長年の友人なんじゃなかったのか。

ロベスピエールは答えた。もちろんだ。今も私は友人だと思っている。

「勘違いしてほしくないのだが、カミーユ、これは注意であって、告発ではない」

「どう違う」

そう質《ただ》すと、ロベスピエールは集会場に目を戻して、再び皆に語る演説の口調だった。

ええ、危険は危険です。罪は罪です。しかしながら、なお作者と作品を区別する必要はあるでしょう。カミーユは幸せな生まれつきで、甘やかされた子供のようなものなのです。ただ悪い仲間に道に迷わされてしまっただけなのです。ですから、新聞についてだけ、厳罰を加えればよいでしょう。

「ゆえに私は要求します。市民デムーランの新聞がこの集会において、この場において、ただちに燃やされることを」

　そう演説を結ぶと、また一対一の口調になった。

「なあ、カミーユ、君を我々の仲間に留《とど》めるためなんだ」

「…………」

「新聞を燃やしてくれれば、それでいいんだ」

　温情をかけたようにいわれるほど、デムーランは納得できなかった。それどころか、徐々に腸《はらわた》が煮えくり返る。いつだって、こうだからだ。長年の友人とはいいながら、学生時代の上下関係が抜けないのだ。優秀な先輩として、出来の悪い後輩を導いてやるというような、上からの目線が直らないのだ。

　――が、今回は違うぞ。

　御粗末《おそまつ》なのは君のほうだ、マクシム。サン・ジュストなんて、後輩ならぬ、ほんの子供の言葉を本気にして、他愛《たわい》なく翻意してしまったのだから。そう心に続けてから、デムーランは答えて出た。上等です、市民ロベスピエール。あなたの、なんですか、注意に対して、それでは僕はルソーのように答えてさしあげることにしましょう。

「燃やすことは、なんら責任を取ることにはならないと」

「なんと……」

「啓蒙主義《けいもうしゆぎ》の書物を焼いた、かつてのブルボン王家と同じだ。仲間の注意といいながら、マクシム、君こそは暴君の振る舞いなのだ」

デムーランは一気に吐き出した。興奮のあまり少しいいすぎたかなとハッとしたのは、ロベスピエールが両の掌《てのひら》を振り上げて、バンと演台に叩《たた》きつけたときだった。なんたること。啓蒙主義どころか、君の新聞は貴族主義ではないか。いやはや、まったく、これほどの過ちに満ちている文章を、あえて正当化する気持ちが知れない。

「教えてくれ、カミーユ。もし君がカミーユでないのなら、私は変わらぬ寛大さを示すことはできない。君が君自身を正当化しようとする論法こそ、私には君が悪《あ》しき意図を隠し持つ証《あかし》だとしか思われないのだ。燃やすことは、なんら責任を取ることにはならない。まったく、ルソーからの引用も、とんだ悪用を発見されたものではないか」

自分の言葉に掻《か》き立てられたか、続けるうちにロベスピエールも興奮した。わかった。ああ、わかった。それなら私は先の要求を取り消そうじゃないか。

「私はカミーユの新聞が燃やされないことを求める。が、そうとなれば、だ。かわりにカミーユ・デムーランの新聞が、この演壇において読み上げられることを求める。このジャコバン・クラブに自らの信条しか守りたがらない個人しかいないなら、読み上げられた文言《もんごん》にも大人しく耳を傾けているだろう。反対に自らを犠牲にする覚悟がある愛国者がいたならば、憤りのあまり物申さずにはいられなくなるはずだ」

だから、読もう。ここでカミーユの新聞を読み上げよう。ロベスピエールは最後は金切り声だった。

「いや、待ってくれ。マクシムも、カミーユも、ちょっと冷静になろうじゃねえか」

大きな声に振り返ると、大きな身体《からだ》が頭上に聳《そび》えるかのようだった。仲裁に入られて、デムーランははじめて気づいた。あれ、今夜の集会には、ダントンも来ていたのかと。

6――ウルトラとシトラ

前夜に求められた通り、雪月《ニヴォーズ》十九日あるいは一月八日のジャコバン・クラブでは、『コルドリエ街の古株《ル・ヴュー・コルドリエ》』が吟味された。

最初に演壇に登り、第三号を読み上げたのは、アントワーヌ・フランソワ・モモロだった。ラ・アルプ通りの印刷屋は昔馴染《むかしなじ》みであるとはいえ、今ではコルドリエ派の重鎮である。ここぞと声を張り上げて、デムーランを排斥《はいせき》する意欲まんまんの登壇だった。

いや、仲間に任せず、領袖格《りょうしゅうかく》のエベールからして、第五号を読め、第五号を読めと、傍《はた》から大いに騒ぎ立てた。

「俺《おれ》っちのことを書いた第五号を読め。大嘘《おおうそ》ばっかの第五号を読めってんだ、くそったれ」

反対したのが、ロベスピエールだった。

「というのも、ここで私は個人の喧嘩《けんか》をみたいとは思いません。私の目からすれば、カミーユもエベールも間違っています。エベールは自分のことしか考えていません。世の中の目という目が自分に注がれることだけが望みなのです。国民の利益というようなことは、ろくろく考えていやしないのです。かかるエベールを感心できないとするならば、カミーユ・デムーランについても、その個人的な了見を論じられるべきではなく、大切なのはあくまで公的事由に関《かか》わる話だけということになります」

そのまま続けた演説においては、こうも述べた。

「熱き天分と興奮しやすい性質は、『すぎた革命《ウルトラ》』の手法を押し出します。かたわら、優しさに満ち、また寛大な精神は、『足りない革命《シトラ》』の手段に流れてしまうでしょう。それを、どう理解するべきか。一方は大市《おおいち》の盗人《ぬすっと》のようなものであり、他方は森の盗賊のようなものであると私は考えます。どちらも感心できません。論戦において競合した末に、二派がそれぞれの立場から持ちかけていた体制の、そのいずれかを採用することになったとしても、どちらも端《はな》から間違っているわけですから、我々が好ましい結果を得られることはないのです」

そう断じた言葉が、思いの外《ほか》に嫌な後味になっていた。

「てえことは、ウルトラでも、シトラでもなく、この自分についてこいと、そういいたかったわけだ、ロベスピエール大先生は」

やはりの大きな声、大きな顔で、ダントンはそう評したものである。

「なにも俺たちの敵になったわけじゃねえ」

とも、読みを続けた。つまり、今のロベスピエールは中間なんだ。一七九二年、あの八月の蜂起《ほうき》のあと、俺たちが右のジロンド派、左のジャコバン派に挟まれながら、扇の要《かなめ》の位置で政権を運営しようとしたのと同じ理屈さ。俺たちは法務省を基盤にしたし、清廉《せいれん》の大先生は公安委員会を足場にしてるが、ただ権力の椅子《いす》を手に入れただけで思い通りに動いてくれるほど、フランスは甘い国じゃねえからな。

「右のジロンド派がいなくなっちまったから、ジロンド派寄りといわれた俺たちが今は右の位置になっちまってる。じゃあ、左はどうなっているかといえば、ジャコバン派あるいは山岳《モンターニュ》派は元々は左派だといっても、やっぱりエベール派が激昂《アンラジェ》派寄りになっちまって、最たる左の位置にいる。してみると、ロベスピエールは中央だ。うまく主導権を握りたいってんなら、まんなかで寛大《アンダルジャン》派とコルドリエ派の均衡を取るのが利口だ」

「だから、マクシムは敵ではない」

デムーランは確かめた。と、そういうことなんだね、ダントン。かつて君がジロンド派の敵ではなかったように、市民ロベスピエールも寛大派の敵ではないと。

雨月《プリュヴィオーズ》に入っていたが、その日も窓の向こうは雪模様だった。しかも白の斜線が流れ続けて、結構な大雪だ。なるほど、グレゴリウス暦でいえば、まだ一月の末なのだ。人間が勝手につけた月の名前に、天気まで合わせて変わってはくれないのだ。

ましてや気持ちのよい晴れ間など、長く続くわけがない。せめて大荒れにならないようにと、臆病《おくびよう》な祈りに逆戻りするしかない。

バチと火が弾《はじ》ける音がした。夜ともなれば寒くて、寒くて、暖炉にも薪《たきぎ》をくべ続けだった。自分のアパルトマンに迎えるや、デムーランは親友を居間のほうに案内した。普段はサロンと化している場所で、内密な政治の話は専ら書斎でする習慣だったが、その日は他に来客もなかった。となれば、これだけの寒さなのだ。

暖炉のある居間に陣取らない法はない。ガランとしている憾《うら》みはあるが、それも家具を寄せながら、膝が焼けそうなくらいまで、火に近づけばよい。

はびこる暗がりに、橙色《だいだいいろ》の明るみは優しくもある。丸太のような足を組み、いやが上にも小さくみえる安楽椅子《あんらくいす》に寛《くつろ》ぎながら、ダントンは続けた。

「それが証拠にカミーユ、おまえは今もジャコバン・クラブの会員でいるじゃねえか」

そう押しこまれれば、確かに返す言葉もなかった。雪月十九日あるいは一月八日のジャコバン・クラブで、デムーランは除籍追放の処分を下されていた。素直に応じて、『コルドリエ街の古株』を焼却するのでなく、その内容まで吟味されてしまったからには、当然の結果である。

そうしなければ、ジャコバン・クラブとしても収まりがつかなかった。ところが、なのだ。

――またマクシムが動いてくれた。

雪月二十一日または一月十日、ロベスピエールがクラブに処分の差し止めを要求して、デムーランの会員資格を回復してくれたのだ。

ダントンは続けた。ロベスピエール大先生の言葉に偽りなしで、本人もいっていたように、あれは単なる注意だったのさ。

「いくらか責めはしたが、徹底的に排除したいわけじゃねえのさ」

「しかし、そうすると、マクシムはエベール派の敵でもないことにならないか」

「だな」

と認めて、ダントンは肩を竦《すく》めた。傷跡が縦に連なる上下の唇を震わせて、ブウと音まで鳴らしてみせた。まあ、マクシムとは水と油だってえか、あれだけ潔癖な男に、あれだけ下品な男だから、エベール自身のことは確かに嫌っているだろう。が、派閥として憎んでいるわけじゃねえ。脱キリスト教だのと、個別に認められない政策はあるにしても、徹底的にやっつけたいわけじゃねえ。

「マズエルを釈放したしね」

と、デムーランも受けた。陸軍省筋のアルベール・マズエルは、つまりはエベール派に連なる革命家のひとりで、東インド会社の清算に際しての横領に関与したとして、ロンサンやヴァンサンと一緒に告発されていた男である。

ダントンも頷《うなず》いた。ああ、あれも同じ方程式で読み解ける。そうして続けた先の話は、デムーランには少なからず意外だった。つまりは、こうだ。

「カミーユ、おまえの新聞は爆発的な人気になっただろ。フィリポーやブールドン・ドゥ・ロワーズまでが、大胆発言で世間を騒がせた。マクシムは右が強くなりすぎたとみたんだな。だから、左に力を戻して、同時に右の力を削《そ》いで……」

「もしやファーブル・デグランティーヌも、それなのか」

デムーランは飛びこんだ。椅子から腰を浮かせながら、そういうことだったのかと、ダントンに確かめる形になったものの、それまでの疑問が一気に氷解して、いきなりの得心に達していた。椅子に座りなおしても、うわ言さながらに何度も繰り返さずにはおけなかった。そうか、そういうことだったのか。

7——左右の均衡

その演説は雪月十九日あるいは一月八日に、やはりジャコバン・クラブで行われた。エベールも、デムーランも間違っている。個人的な喧嘩は無意味だ。公的利害を考えなければならない。そう論を進めてから、ロベスピエールは話を転じた。

「公的な利害といえば、国民公会《コンヴァンシオン》は、それ自体が外国の党派に陰謀の的とされています。それこそは我々が被害者となる全ての不幸の源です。我々が一方の誤謬《ごびゅう》であるとか、他方の誇張であるとかに取り巻かれているのも、そのせいに他なりません」

すぎた革命も、足りない革命も、背後に外国の陰謀がある。また黒幕となっている人間もいる。そう仄《ほの》めかしたあとに、ロベスピエールは鋭い口調でその名前を呼んだのだ。

「ファーブル・デグランティーヌ、まだ残っていてくれないか」

デムーランも気づかなかった。が、名前を出されて、その姿を探してみれば、寛大《アンダルジヤン》派の盟友は静かに席を立とうとしていた。確かにジャコバン・クラブを出ようとしたところにみえる。ダントンが法務大臣だった頃《ころ》、デムーランと並んで書記官長を務めた一派の重鎮ともあろう男が、中腰で、頭も低く、さながら逃げを打つコソ泥のようだった。

ロベスピエールの名指しが告発同然だっただけに、ファーブル・デグランティーヌの挙動は弁解の余地がないほど怪しかった。その後に自ら発言を希望して、自ら弁明を試みたが、ジャコバン・クラブの会員はといえば演壇に冷たい一瞥《いちべつ》をくれるを最後に、ひとり、またひとりと集会場を後にするばかりだった。

なかには出がけに「断頭台へ行け」と吐き捨てた者さえいた。そうまで極端でない、穏便な置き土産《みやげ》というのが、動議されるや圧倒的な多数で可決され、否応《いやおう》なく突きつけられた、ファーブル・デグランティーヌの除籍処分だった。

「こんな急展開って……」

と、デムーランは呻《うめ》いた。ジャコバン・クラブを追放される運命は、その朝までは自分の話であるはずだった。いよいよ終わりかと自分の覚悟なら決めていたが、ファーブル・デグランティーヌの名前となると、ちらと思い浮かぶことさえなかったのだ。

——それだけではない。

本当の驚愕《きょうがく》は雪月二十三日、つまりは一月十二日に訪れた。その日の国民公会に議員ヴァディエは保安委員会を代表して、東インド会社の処理問題に関する新たな報告をなした。その容疑が晴れたとして議会に勧告したのが、アルベール・マズエルの釈放だったのだ。

マズエルの釈放は可決された。さらに参考意見としてヴァディエが付言したところ、同じエベール派のロンサンとヴァンサンについても、身柄を拘束される理由がないと。

――なんだか嫌な風向きだな。

そう思っているうちに、デムーランは衝撃の報に見舞われたのだ。

「昨日深夜にファーブル・デグランティーヌが逮捕されました」

雪月二十四日あるいは一月十三日の国民公会に、保安委員会を代表して今度はアマールが報告した。東インド会社の清算に関する不正について、マズエル、そしてヴァンサンとロンサンを告発した張本人が、今度は逆に逮捕されてしまった。

「ということは、あれは冤罪《えんざい》なのか。左右の勢力均衡のために逮捕されただけであって、ファーブル・デグランティーヌは本当は無罪なのか」

と、デムーランは続けた。言葉が終わるか終わらないかのうちから、カッと頭に血も上った。そうか、そうか、いや、おかしいとは思っていたんだ。だって、普通はありえない話だからね。

「ファーブル・デグランティーヌが横領していたなんてね。その罪を隠すために粉飾決算していたなんてね。あげく、偽の帳簿でマズエルやヴァンサン、ロンサンを告発して、自分の罪をなすりつけようとしていたなんてね」

唾《つば》と一緒に吐き出してから、パチンと左の掌《てのひら》に右の拳《こぶし》まで打ちつける。いや、頭に来る。本当に腸《はらわた》が煮えくりかえる。でっちあげにしても、手つきがみえすいているよ。まったく、保安委員会もひとを馬鹿にしたものだ。マクシムにしても、こんな姑息《こそく》な手段が通用すると思ったのかな。裏の作為を見抜かれずに済むと思ったのかな。

「いや、カミーユ、ちょっと、待て」

「待たない。だって、ダントン、これは……」

「本当なんだよ」

「…………」

「だから、本当なんだ、ファーブル・デグランティーヌの粉飾決算は」

打ち明けると、ダントンは気まずそうな顔になって、後ろ頭をガリガリ掻《か》いた。なんてえか、ほら、ずいぶん金回りがいいじゃねえか。法務省の時代にも軍隊の補給請け負いに絡んで、いくらか儲《もう》けていたものだが、あれくらいじゃあ、最近のような暮らし方はできねえよ。

「ああ、あいつ、東インド会社からタンマリ引き出してやがったんだ」

「…………」

「しょうがねえ奴《やつ》だよな、まったく」

「しょうがない、じゃあ済まないよ、ダントン。だって……、だって……、そうすると、ファーブル・デグランティーヌは立派な犯罪者なわけだからね。逮捕されて当然なわけだからね。冤罪の犠牲者どころか、自分が助かるために、逆に冤罪を仕組んで……」

「それも事実なんだが、ファーブル・デグランティーヌだけじゃねえ。冤罪を仕組んだのは、むしろマクシムのほうさ」

また話がロベスピエールに戻った。デムーランは混乱した。だって、どういう話なんだ。マクシムが、どうしたって。

「ロベスピエール大先生も一枚噛《か》んでいるのさ。ファーブル・デグランティーヌの犯罪を容認したってえか」

「それは、どういう……」

「不正経理を暴いたアマール報告なんだが、それをマクシムは、実は霜月《フリメール》の段階で知らされていたらしい」

「グレゴリウス暦にいう十二月のうちに、だね。どうして今まで公表されなかったんだい」

「そのときは、握りつぶそうとしたからさ」

「…………」

「今になって公《おおやけ》にしたのは、だから、左右の均衡を取るためなんだ。右が出すぎた、叩《たた》かなければならない、なんて、マクシムの情勢判断が変わったというわけだ」

「つまり、左が強いときは、エベール派が冤罪に泣いても知らぬふりをしたという……。そ、それはそれで、ひどい話なんじゃない……」

あっ、いて。デムーランは自分の舌を嚙んでしまった。興奮している自覚はあった。冷静になろうとも努めるのだが、憤りの言葉は呑《の》みこめなかった。ああ、犠牲者がエベール派なら冤罪も構わないとはいえないよ。エベール派は追放されるべきではあるんだけれど、政治力学なんかの都合で破滅させられるとなると、これは容易に納得できない。

「だって、右とか、左とか、そんなのは二義的な話にすぎないじゃないか。エベール派が排されるべきだとすれば、議会軽視の態度がひどいからだよ。大人しくしていれば、人民の代表を軽んじても構わないという話にはならないわけだろう。議会重視はマクシムだって譲れない線だろう」

「確かに議会重視ではあるんだが、ロベスピエール大先生には大衆の支持も不可欠なんだ。これまでだって大衆の圧力というか、世論の力というか、そういったものでフイヤン派だの、ジロンド派だの、議会に盤石《ばんじゃく》の覇を唱える勢力と戦ってきたわけだからな。ある意味、あいつも議会軽視なんだよ。エベールの手法だって、あながち否定しないだろうよ」

「ううん、しかし……。なんというか、それなら許されるという話でもないんじゃないかな。単に左右の帳尻を合わせるために、冤罪を仕組むなんて……」

「納得できる、できないは別として、それが事実だ」

「…………」

「とにかく、マクシムは敵じゃねえ」

そこだった、とデムーランは思い出した。ダントンは言葉を重ねた。まんなかにいて、扇の要になろうとしているだけだから、ああ、カミーユ、マクシムは関係ねえよ。

「本当ね、ダントンさん。本当にロベスピエールさんは関係ないのね」

話に割りこんだのは、妻のリュシルだった。

8――新たな心配

リュシルは右手で左手を揉《も》んでいた。心の乱れを制する呪《まじな》いか何かのように絶え間なく揉んでいたので、暗がりにも白く色が変わっていることがわかった。

息子を寝かしつけてからは居間にいて、一緒に話を聞き続けていた。政治向きの話であれば口出しもできないと、じっと黙っていたのだが、とうとう我慢ならずに飛びこんだという感じだった。

もちろん、デムーランとて遅れられない。しつこいと思われても、確かめないではいられない。ああ、マクシムが動いていないというのは、本当の本当なんだね。

「義父の逮捕の一件には本当に……」

雪月二十八日あるいは一月十七日の話である。デムーランの義父、つまりはリュシルの実父であるクロード・エティエンヌ・ラリドン・デュプレシが逮捕された。

嫌疑者法の典型的な犠牲者といってよかった。告発したのがデュクロという名前の男で、なんでもデュプレシの義父が郡役場の課税主査に手紙を出したとき、「市民《シトワヤン》、最た《トレ・》る市民《シトワヤン》」と署名に添えた言葉が、かつての能動《アクティフ》市民、受動《パッシフ》市民の区別を思わせて差別的だったとか、のみならず封蠟《ふうろう》に百合《ゆり》の花の印章が使われていて、ことによると王党派の疑いさえあるとか、そんなような内容だった。

署名に添えた言葉などは、まさに言いがかりでしかない。「百合の花」というのは確かに王家の紋章だが、デュプレシの義父は革命前には財務総監局の首席執行官、つまりは王家の高級官僚だったのだ。百合の花の印章というのも、その頃に持っていた道具を、そのまま無頓着《むとんちゃく》に使い続けただけの話だ。

それでも告発は容《い》れられた。パリ郊外、ブール・ラ・レーヌ（王妃の郷《さと》）からブール・ドゥ・レガリテ（平等の郷）に改名したばかりの郡の監視委員会に命令されて、警視ムシウス・スカヴォラが出動し、すぐさま身柄を拘束したというのが、雪月二十八日の顚末《てんまつ》だった。

クロード・エティエンヌ・ラリドン・デュプレシは投獄され、今もパリ市内カルム監獄にいる。

デムーランは新たな心配を抱えていた。義父は年齢が年齢である。老いた身に監獄暮らしは応《こた》えるに違いなかった。ましてや、この寒い季節なのだ。

カルム監獄には、もちろん自分で足を運んだ。こちらの議員の身分を明かし、義父には不自由のないよう特別室を手配してやり、あげく看守に心づけまで握らせてきたのだが、だからと安心できるものではなかった。

――それでなくとも、気が咎《とが》める。

自分のせいではないかと、デムーランは考えることがあった。それこそ議員などやっているからかと。政争などに身を投じているからかと。煽動的《せんどうてき》な新聞を出しているからかと。有力者の怒りを買うような文章まで書いているからかと。

「いや、本当に関係ねえよ、マクシムは」

ダントンは重ねて請け合ってくれた。デムーランは妻と目を見交わした。リュシルのいくらか安堵した様子を確かめてから、ふうと大きく息をついた。

ロベスピエールが裏で関与しているかもしれないと、それが最大の懸案だった。なんといっても、公安委員会の一員である。立法権の最有力委員会にして、国家の執行権を束ねる最高権力者なのである。事実上フランスの首班ともいうべき男が、密《ひそ》かに告発の手を回していたとなれば、もう逃れようもなくなってしまう。

そのことを相談すると、ダントンは調べてみるといってくれた。いたるところに顔が利く男であれば、ほどなく実際のところを押さえることができた。それをデムーランの家まで報《しら》せに来てくれたというのが、今夜の面談だった。

「ほら、やっぱり、いった通りでしょう」

リュシルの声も明るくなっていた。ロベスピエールさんは、そんなことする方じゃないわ。だって、あなたの友達だもの。わたしたちの結婚式にも来てくれた方だもの。

「そ、そうだね。ああ、君の当たりだよ、リュシル」

「だから、カミーユ、自分を責めることだってないわ。これはあなたの政治活動とは、なんの関係もない……」

「おっとっと、そいつは関係ないわけじゃない」

大きな手を出しながら、ダントンが介入した。ああ、政治活動は大いに関係ありだ。

「エベール派の筋は動いている」

「………」

「少なくとも警視ムシウス・スカヴォラは、ヴァンサンと親しい男だ。告発したデュクロから、それを容れた監視委員会から、総ぐるみでエベール派に因果を含められているとみたほうがいい」

「そ、そうか。やっぱり、僕のせいだったのか」

「カミーユ、そうじゃないわ、カミーユ」

そうは庇《かば》ってくれるものの、こちらの肩に置いたリュシルの手は、再び震えを帯びていた。顔色も蒼白《そうはく》に一変している。それでも続けてくれたのだ。ええ、それに、なんとかなるわ。ロベスピエールさんじゃないのなら、いくらでも希望が持てるわ。

「俺《おれ》も議会に発議したしな」

と、再びダントンが加わった。雨月《プリユヴィオーズ》九日あるいは一月二十八日の国民公会《コンヴァンシオン》で、「市民デュプレシの不当逮捕」を取り上げてくれたことは事実だった。まさに嫌疑者法の誤用、愛国者の犠牲であれば、先般発足した「釈放検討理事会」が扱うべき事案であるとしてくれたのだ。

そのうえで、公安委員会ならびに保安委員会は全体どうなっているのか、釈放事務に関する詳細な報告書を提出させろと求めて、それを賛成多数で可決させてくれた。

「土台がマクシムの肝煎《きもい》りで作られた機関だ。あの男が俺たちの敵でないかぎり、デュプレシさんの釈放くらい、すぐ認められると思うがな」

「そんな風に楽観できる話なのか、ダントン」

デムーランが暗い顔のままで受ければ、リュシルのほうは悲鳴にも近くなる。

「認められなかったら、どうなりますの、うちの父は。釈放検討理事会が該当《がいとう》の事案じゃないと判断してしまったら……」

「それでも、釈放にもっていくしかねえだろう」

「どうやって」

「簡単さ、カミーユ。エベール派を説得して、デュプレシさんの告発を取り下げさせればいい」

「で、できるのかい、そんなことが」

「できるさ」

「いや、できるわけがないよ、ダントン」

「できるんだよ、それが」

ダントンは身を屈《かが》めた。手ぶりでデムーランと、それにリュシルまで自分の顔の側《そば》によせると、内緒話のような小声で打ち明けた。実はエベール派と和解工作を進めている。ヴァンサンとロンサンの釈放運動に協力するって線で、交渉を始めている。

「さっきのファーブル・デグランティーヌじゃねえが、お互い、叩《たた》けば多少の埃《ほこり》は出ざるをえない身の上なんだ。こんな告発合戦やったって、なんの得にもならねえしな」

「それは最初からわかっていた話だろう、向こうにしても」

「一方的に勝てると思ったから、エベール派は仕掛けてきたんだ。ところが、俺たちも反撃した。マクシムも勝手を黙認しなくなった。戦争の不安に乗じることもできなくなりつつあるし、そりゃあ応じるさ、和解の申し込みくらいには」

「ま、まあ、理屈としては、その通りなんだけど……」

「理屈じゃねえよ、カミーユ。これは現実の話だ。実際のところ、そろそろ和平もみえてきたところだしな」

えっ、とデムーランは聞き返した。ダントンの話は、もうひとつ転がったようだった。

「本当なのかい、和平がみえてきたっていうのは」

そう質《ただ》すと、ダントンは力強く頷《うなず》いた。実際、俺はイギリスと話してるぜ。

「イギリスの首相ピットの腹心にマイルズという男がいてな、これがヴェネツィア公使を介して俺に接触してきた。『敵対行動の停止のための話し合い』を、スイスあたりで開けないかって、そんなような話になっている」

「ダントン、君という男は……」

さすがだ、とデムーランは舌を巻く思いだった。さすがだ。この、なんというか、世の中をまとめる手際《てぎわ》ときたら、他に比べられる者もないほどだ。ああ、この大きな男の手にかかれば、世界などは意外と小さなものかもしれない。本気で政治をやってくれれば、治まらない国もないくらいなのかもしれない。

——平和も来る。恐怖政治《テルール》も終わる。

デムーランは胸に明るさが戻る気配を確かに感じた。いや、これが錯覚であってはならない。本当に明るくなるよう、できる努力はやらなくてはならない。

「僕も『コルドリエ街の古株』に、和平支持の論調で書くよ」

そう告げると、ダントンは大きな手で、こちらの肩をバンバン叩いた。

9――とことんまで

――考え方が甘いんだよ。

と、ルイ・アントワーヌ・レオン・ドゥ・サン・ジュストは思う。だから、いわないことじゃない。そんなに簡単に仲良しになれるんだったら、はじめから世話はない。

「そのアンリエット・ルバとかいう女に会わせて」

サン・ジュストが田舎《いなか》で関係していた女、男の冷たさに堪えかねて、パリに上京してきたテレーズ・ジュレ・トーランの、それが次なる言い分だった。

アンリエット・ルバは同僚議員の妹で、婚約を考えていると明かすことで、田舎の女を追い払うための口実に使っていた。その女にテレーズは会いたいという。会ってみて、納得できたら、大人しくブレランクールに帰るというのだ。

サン・ジュストは応じた。

大仕事を終えた束《つか》の間《ま》の休養ということで、雨月《プリユヴィオーズ》十七日あるいは二月五日の夕《ゆうべ》はジャコバン・クラブが開かれないことになった。ならば同じサン・トノレ通りもモーリス・デュプレイの屋敷に集まろう、親しい仲間で晩餐《ばんさん》を持とうとの話になっていた折りだった。

デュプレイ家の末娘エリザベートと結婚したからには、当然フィリップ・フランソワ・ジョゼフ・ルバもやってくる。妹のアンリエットも恐らくは一緒に連れてくるだろう。そこにテレーズを連れていきさえすれば、会わせて、会わせてと執拗《しつよう》に請われ続ける日々から、ひとまず解放されるという寸法なのだ。

——が、こうなると思ったぜ。

やはりアンリエットも居合わせた。いつもながらの屈託《くったく》ない笑みだった。それは男を信じている、というより、まだ疑うことを知らない笑みだ。男に裏切られ、踏みつけられた覚えのある女には、歯がゆくて、疎《うと》ましくて、恨めしくて、憎らしくて、ちょっと堪えられない笑みでもあったに違いない。

テレーズは晩餐の席を中座した。うっと呻《うめ》いて口許《くちもと》を押さえたからには、急に感情が昂《たかぶ》って、止める間もなく涙がこみあげてきてと、そういったところだろう。

——にしても、わざとらしい真似《まね》しやがって。

葡萄酒《ぶどうしゅ》の飲みすぎでしょうか。ちょっと様子をみてきます。そう仲間に断ると、サン・ジュストは追いかけた。

おろおろ狼狽《ろうばい》しながら、というのではなかった。まったく煩わされると、腹を立てたわけでもない。悠々と歩を進めて、ちょうどよかった、ひとりになって考えをまとめたかったところだと、それくらいの余裕があった。ああ、だから、いわないことじゃない。そんなに簡単に仲良しになれるんだったら、はじめから世話はない。

――それくらい、当たり前だ。

アンリエットに会わせればテレーズは納得してくれる、などと期待していたわけでもなかった。顔を合わせて、なにかの間違いで仮に一時は仲良くなれたとしても、心から打ち解けあえるはずがない。

――あえて望む自分の馬鹿さ加減をわかるんだな、テレーズ。

アンリエットに会わせたというのも、それゆえだった。利口ぶられたら、かえって長引く。いったんブレランクールに引き返しても、またパリに戻ってくる。遅かれ早かれ感情は暴れ出し、以前に増して歯がゆく、疎ましく、恨めしく、憎らしくなるだけだからだ。納得できるとするならば、手はひとつきりなのだ。

――とことんまで、行くしかない。

勝つか、負けるか、はっきり白黒つくところまで行くしかない。ああ、金切り声を張り上げて、醜く罵《のの》り合うしかない。宝のように伸ばした爪《つめ》を振り立てながら、そのときばかりは武器に使って、相手を掻《か》きむしるしかない。髪をつかみ、頬《ほお》を打《ぶ》ち、腹を足蹴《あしげ》にしてやりながら、とことん傷つけ合うしかない。

さもなくば、あきらめられるはずがない。ボロボロにされ、どんな屈辱と引き換えにしても、それで救われるなら構わないと思えるまで追いつめられるのでないならば、以前に増した執着の虜《とりこ》にされるだけだ。

わかっていながら、そこまで突き進めないとすれば、下らない自意識の働きか、あるいは弱さゆえでしかない。つまるところ逃げているだけであれば、はじめからなにかを期待できるはずがない。

——国と国との関係も同じこと。

フランスの戦況は好転している。和平の好機かもしれない。実際、イギリスのほうから接触する素ぶりがある。オランダやスペインも、それぞれのルートで探りを入れ始めた。講和会議はスイスで行われるなどと、それらしく語られてさえいるというのは、非公式ながらオーストリアが会談を申し入れた先が、スイスの都市バーゼルの駐留フランス弁務官だったからである。

——が、誰が飛びついてやるものか。

本当の解決にはならないからだ。ただの現状維持でしかないからだ。すぐ壊れるような現状を維持したところで無意味だ。しばしの休憩でしかないなら、敵が息を上げているうち、一気の勢いで攻めかかるべきなのだ。そうやって、はっきりと白黒つくまで、戦争は止められるべきではないのだ。

サン・ジュストの意見は容《い》れられた。それは公安委員会の公式見解にもなった。代表してバレールは、雨月十三日あるいは二月一日の議会で演説した。

「和平などという話を厚顔に論じる輩《やから》は誰なのでしょうか。それは外国の軍隊に、あるいは暴君たちに力を取り戻させる時間を、つまりは各々《おのおの》の国において人民の血を吸うことで、その食糧補給を回復させ、はたまた兵士の退却まで可能とする時間を与えるようなものです。和平論者というのは、反革命の命脈を数カ月も、いや、数年も先まで延ばそうと願う輩のことなのです。王政には和平が必要かもしれませんが、共和国には戦士の気力で十分です。奴隷には和平が必要かもしれませんが、共和国には自由の精神が燃え立つだけで十分なのです」

犬の吠《ほ》え声が聞こえた。ほんの一声か二声だったが、オンオンと低くて厚みのある声は、確かに怖いと思わせる凄《すご》みがあった。ロベスピエールの愛犬ブラウンだろう。なるほど、あの子犬が今では子牛ほどの大きさだ。

ブラウンはデュプレイ屋敷の裏庭で飼われていた。ああ、そっちに行ったわけか、テレーズが吠えられたわけかと、サン・ジュストは労せず見当をつけられた。

扉を押して外に出ると、雨月という割に晴れていた。とはいえ、グレゴリウス暦にいう二月の頭であれば、まだまだ凍える寒さである。

ほんの数歩を進んだだけで、目にみえて白く弾んだ自分の吐息に、もう気持ちが萎《な》えかける。闇《やみ》に目を凝らし凝らしで時間がかかるなら、あの馬鹿女を探すことなど放念してしまおうか。サン・ジュストが億劫《おっくう》がっているうちに、テレーズのほうから腕に飛びこんできた。

「大きな犬が……」

吠えられて逃げてきたと、そういいたかったのだろう。が、いつもながらで、わざとらしい。ひとつ唾《つば》を吐いてから、サン・ジュストは始めた。なにが、犬だ。ふざけるのも、いい加減にしろよ、テレーズ。

「あんな風に部屋を飛び出したら、あの女となにかあるんじゃないかなんて、俺《おれ》が勘繰られるかもしれないじゃないか。ただの田舎の知りあいじゃないかもしれないなんて、デュプレイ屋敷の人たちに疑われでもしたら、おまえ、一体どうしてくれるんだ」

テレーズから返事はなかった。ひどい、とでも叫びたかったのかもしれないが、その言葉は努めて呑《の》んだというところだろう。

当たり前だと、サン・ジュストは思う。アンリエットに会いたいと頼んできたのは、おまえのほうだからだ。それで、なんだ、納得か、そいつができた日には、あきらめるって前提の話だろう。

――文句などいわれてたまるか。

とはいえ、そのまま済むわけがないとも思った。ああ、それだからと言葉は呑んでも、こういう女なのだから、なにも訴えないわけではない。

10——徳と恐怖

　実際のところ、夜陰にも女の目が大きく見開かれたことがわかった。わななきながら、涙まで滲《にじ》んでいるはずだった。はん、みたくもないと思うや、サン・ジュストは女の肩を押し返し、そのまま裏庭の奥にずんずん歩を進めていった。

「ちょっと、待ってよ、アントワーヌ・レオン」

「うるさい。疑われないように気を遣うのは、おまえの義務だろうが」

「…………」

「向こうだって女だからな。アンリエットは、とっくに気づいちまっただろう。まあ、それは構わないとして、少なくとも男たちには疑われないようにしてもらわないと。あくまで田舎《いなか》で世話になった市民トーランの奥さんでいてもらわないと」

「…………」

「だから、なにか文句があるのか。それとも、こうなったら全部ばらしてやるって、そういう了見だったわけか。はん、テレーズ、なんと卑怯《ひきょう》な女もいたもんだよなあ」

背中で突き放し続ける間も、テレーズは追いかけてきた。違うの、違うのよ、アントワーヌ・レオン。聞いて、お願いだから、私の話も聞いてちょうだい。

「なんだ」

サン・ジュストはいきなり立ち止まった。身体《からだ》を反転させたところに衝突しそうになりながら、テレーズは庭土の軟らかさによろけた。はん、馬鹿みたいに踵《かかと》の高い靴を履いてきたものだ。またこちらの腕に縋《すが》り、なんとか転ばずに済んだのだが、それも姑息《こそく》な計算のうちなのかもしれなかった。だから、アントワーヌ・レオン、違うの。

「ばらそうとか、そんなんじゃないの」

「だったら、なんだ」

「あそこ、なんだかいたたまれなくて……」

「いたたまれない？　デュプレイ屋敷の居間が？」

サン・ジュストは目を動かした。冬枯れした庭木の枝の向こう側に、家の窓明かりがみえていた。こちらが暗く、向こうが明るいので、硝子《ガラス》を通して中の様子も、はっきりと覗《のぞ》きみえた。

アンリエット・ルバがいる。エレオノール、エリザベートと、デュプレイ家の姉妹も並ぶ。もうひとりの若い女は、ロベスピエールの妹のシャルロットだ。

なべて女たちは見守るような微笑だった。ルバにクートン、それにロベスピエールの弟オーギュスタンと、男たちが顔を輝かせていたからで、家主のモーリス・デュプレイと来た日には、たいそう興奮した様子で拍手を続けている。

なるほど、暖炉の前にはロベスピエールがいて、なにか真顔で論じている最中だ。こちらの暗闇《くらやみ》で、サン・ジュストは答えた。ああ、なるほど、テレーズ、おまえの気持ちがわかったよ。

「要するに、あそこは息苦しいっていうんだろう」

「そう、そうなの。わかってくれる？　ええ、なんだか清潔すぎちゃって、ええ、ええ、アントワーヌ・レオン、あなたなら、わかってくれるわよね」

あなただって、実は息苦しいんでしょう。そう畳みかける吐息が、ぬるくサン・ジュストの顔にかかった。直後には女の項《うなじ》に指をかけ、ぐいと引き寄せることで唇を塞《ふさ》いでしまう。俺《おれ》ときたら全体なんの気まぐれだろうと思うだけ、なお心の内では一緒にするなと不平が湧《わ》いた。テレーズ、おまえなんかと一緒にするな。俺は息苦しくなんかない。仮に息苦しいのだとしても、それこそが俺の理想だ。切に追い求めるところなのだ。

「私たちはこの私たちの国において、おきかえたいと望んでいます」

耳奥に蘇《よみがえ》るのは、その雨月十七日あるいは二月五日の昼に国民公会《コンヴァンシオン》で打《ぶ》たれた、ロベスピエール演説の一節だった。

公安委員会を代表して話したのは、「共和国の内的行政において、国民公会を導いていくべき政治道徳について」という演説である。

我々の目的は単に戦争に勝つことではない。真の目的は共和国の礎《いしずえ》を固め、それを永続ならしめることである。その道筋を明確にするために、ロベスピエールは演壇に立ったのだ。

「利己主義のかわりに道徳を。名誉のかわりに誠実さを。慣用のかわりに原則を。しきたりのかわりに義務を。世界を統《す》べる暴君のかわりに理性《レゾン》の帝国を。不幸を笑うかわりに悪徳を蔑《さげす》むことを。傲慢《ごうまん》のかわりに高潔を。虚栄のかわりに心の広さを。金銭への愛のかわりに栄光への愛を。よき会社のかわりによき人を。謀《はかりごと》のかわりに地道な働きを。器用な機智《きち》のかわりにありのままの才を。中身のない驚かせのかわりに飾らない真実を。快楽の退屈のかわりに幸福の魅力を。有力者の卑小さのかわりに当たり前の人間の偉大さを。人好きがするけれど、取るに足らず、みじめな人民のかわりに、寛大で、力強く、それゆえに幸福な人民を。総じていうなら、全ての悪徳と君主政の全ての不条理のかわりに、全ての徳と共和国の全ての奇蹟《きせき》を」

だから、テレーズ、おまえの不潔な欲情顔などみたくない。唇を離すや、サン・ジュストは素早く女の背中に回った。脇《わき》から手を差し入れると、つかみ上げる手つきを用いた。肉塊《にくかい》の感触を指間に弄《もてあそ》びながら、そうして口許に近くなった女の耳に囁《ささや》いてやる。

ああ、確かに息苦しいだろう。おまえみたいな道徳と無縁な女にとってはな。

「有夫の身で、これなんだからな。他人の家の庭なんかで、自分より若い男に胸を揉《も》ませて、えっ、どうなんだ、テレーズ。だんだんと息が荒くなってきたんじゃないのか。暗がりに隠れられるを幸いに、とことん耽《ふけ》りたいって腹か」

挑発されれば、受け身のままでいる女ではない。テレーズは後ろ手で、こちらをつかみ上げてきた。あなただって、そうなんでしょう。ほら、あなただって、その気じゃない。

「わからない、わからないわ、アントワーヌ・レオン。どうして、あんなところにいるのよ。綺麗事《きれいごと》ばかりの連中だわ。嘘《うそ》っぽくて気味が悪いわ。あなたには相応《ふさわ》しくない。ええ、あなたは、やっぱり私のところにいるべきなのよ」

冗談じゃない、とサン・ジュストは思う。俺は違う。俺はおまえのような闇の住人じゃない。こうして暗いところにいても、常に明るいところをみている。

デュプレイ屋敷の居間では、ロベスピエールが力説を続けていた。声は聞こえない。それだけに自《おの》ずと重なる声がある。

「民主主義的で人民的な政府の基礎原理というもの、いいかえるなら、それを支え、それを動かす不可欠の力とは、なにか。それは徳です。私がいうのは、公徳のことです。ギリシャやローマにおいて多くの奇蹟をなしえたような、この共和政フランスにおいては、いっそう輝かしき宝を生み出すこと間違いない、公徳のことをいっているのです。この徳とは、祖国とその法律に寄せる愛に他ならないものです」

テレーズは自分で裾布《すそぬの》をたくし上げた。ぼんやり白いものが浮かび上がり、左右の狭《はざ》間《ま》は闇に沈んだままであれば、欲望のありかを探す手間などいらなかった。はん、この寒いのに、よくやるよ。こんなんじゃあ、すんでに湯気まで上がるんじゃないのか。

――嫌だ、嫌だ。

庭木に組みつくような姿勢で、その大きな尻を突き出させるほどに、サン・ジュストは真実嘆きたい思いだった。なんとなれば、この女は自分のことだけだ。自分が満たされることしか考えていないのだ。フランス人を名乗るかぎり、誰もが真剣に生きなければならない時代であるにもかかわらず、戦争のことも、内乱のことも、政争のことも、陰謀のことも、食糧不足や物価高の問題にいたるまで、公《おおやけ》の善に関《かか》わる話となると、テレーズの頭からは綺麗に抜け落ちてしまうのだ。

「罰を加えてやる」

いうや、サン・ジュストは掌《てのひら》で打ち据えた。ぴしゃりと鋭い音が鳴り、夜陰に響き渡りさえした。それでも遠慮しないのは、まさか庭に裸の尻を突き出した女がいて、男の手で打たれるままにしているなどと、誰も考えないはずだからだ。ああ、こんな悪徳をデュプレイ屋敷の面々は、ちらとも思い浮かべやしない。いや、ごくごく常識的な道徳があるなら、誰もがそうだ。が、この世の中には常識が通用しない相手がいるのだ。でなくとも、通用しないときがあるのだ。

「平時における人民的な政府の力が徳であるならば、革命政府の力は徳であり、かつまた恐怖なのであります。徳、それなしでは恐怖は有害です。恐怖、それなしでは徳は無力です。恐怖というのは、迅速かつ厳格、そして臨機応変な正義に他なりません。したがって、恐怖というのは徳の発露なのです。祖国の危急の必要に対応するための、特定の原則というより、民主主義の一般的な原則の帰結なのです」

そうロベスピエールは演説を続けた。ああ、そうなのだ。人は徳あるゆえに、恐怖を与えなければならないのだ。個人の欲を満たすに留《とど》まらない、公の幸福を思えばこそ、ときとして恐怖に訴えなくてはならないのだ。

11――美しい人

「いってくれた」

演説を聞いた刹那《せつな》に、サン・ジュストはそう呻《うめ》いたものである。はっきりと生きる道が示された気がした。それまで漠然としていた思いに、啓示にも比されるべき言葉で、美しい形を与えられた思いがしたのだ。

――この俺《おれ》にも、迷いがあった。

ルイ・カペーこと元フランス王ルイ十六世が処刑されたときに、それは生まれた。先立つ裁判において、サン・ジュストは全体の流れを決めるような演説をなした。ルイを敵として裁け、直《ただ》ちに処刑してしまえと、一片の曇りもない言葉で聴衆に投げかけたそれは、自身にとっても会心の演説だった。

――ところが、ルイは血を流した。

断頭台に溢《あふ》れた赤黒い粘液を目撃したとき、サン・ジュストは人間の死は絵空事でないことに気がついた。

いや、血に狼狽《ろうばい》したわけではない。それでも自問は取り憑《つ》いたのだ。

――この俺に人を殺す資格はあるのか。

人の上に立つ資格はあるのか。国家を指導する資格はあるのか。それは思いのほかに、恐ろしい自問だった。

――切に迫られているのは、たぶん俺だけではない。

とも、サン・ジュストは考えていた。ああ、ジロンド派が終始煮え切らなかったのも、そのせいだ。あのダントンにして、宥和《ゆうわ》、宥和と生ぬるい話ばかりしてしまうのも、そのせいだ。エベールのように何も考えない輩《やから》でなければ、それは誰もが必ず捕われる問いなのだ。

――なんとなれば、共和国の時代が来た。

それが王国であり、絶対王政や、でなくとも貴族政治が展開されていたならば、なにも問題はなかった。そこには身分があるからだ。王侯貴族は人民のことなど、虫けら同然に考えていたからだ。その命を奪ったからとて、なにも悩む必要がなかったのだ。

共和国は違う。支配する者も、支配される者も、皆が等しく市民である。であれば、どうして人の上に立てるのか。どうして国家を指導できるのか。つまるところ、どうして人を殺す資格があるのか。

――徳あるゆえ……。

それが究極の答えだった。徳あればこそ、余人の上にも立てれば、国家も指導でき、はたまた人の命も奪うことができる。自分を後回しにして、公《おおやけ》の善を考えているからだ。その決断に邪《よこしま》な汚れが混じることなどないからだ。

――しかし、徳がない人間はどうしたらよいのか。

徳ある人に縋《すが》るしかない。が、縋り方がわからない。それがロベスピエールの言葉で明らかにされていた。

「徳、それなしでは恐怖は有害です。恐怖、それなしでは徳は無力です」

俺は恐怖になればよいのだと、サン・ジュストの迷いは消し飛んだ。

実際のところ、恐怖政治《テルール》はまだまだ幕を引けなかった。反革命、陰謀、自派のための政争、資本家のための策動、外国のための諜報《ちようほう》と、恥知らずな連中が跡を絶たないのであれば、中途半端な解決を求めても仕方ないからだ。

とことんまでやるしかない。はっきり白黒つけるしかない。戦争にも増して、国内政治に妥協は禁物だというのは、まだ多くの人間が自分のことしか考えていないからだった。とうに尊重されるべき市民であるにもかかわらず、今なお王国の民草と変わりなく、卑しいままでいるのだ。

――このままでは共和国の基礎は揺らいでしまう。

まだまだ徳が足りていない。恐怖政治を嫌がる輩は、つまりは徳が足りないのだ。欲に塗《まみ》れ、汚れたままでいるからこそ、息苦しくて、息苦しくて仕方ないのだ。

「だから、テレーズ、声は出すな。さすがに気づかれてしまう」

サン・ジュストは急《せ》いた手つきで股引《ももひき》を下げた。庭木の枝に左右の腕をひっかけながら、必死に喘《あえ》ぎを堪《こら》える女も、洩《も》れ出る吐息ばかりは抑えられないようだった。それが白く煙りながら、ポンポンと毬《まり》のように弾んで流れる。重なりながら、彼方《かなた》に明るく浮かんでいるのは、変わらない窓明かりの風景である。

こんな暗がりにはいたくない。俺も明るいところに行きたい。だからこそ一心にみつめながら、サン・ジュストは救いを求めるような気持ちで思うのだ。

――美しい人は違う。

光に包まれながら、毅然《きぜん》として正しい言葉を吐き出すことができる。ロベスピエールは、こうも続けたものである。

「恐怖政治は専制政府の業《わざ》だといわれます。けれど、あなた方の政府は専制主義に似ているでしょうか。自由の英雄の手に光る剣は、確かに暴君の手下どもの武装に似ています。専制君主は愚かな臣民たちを確かに恐怖で統べています。専制君主なりに理由があることです。ならば、私たちは共和国の設立者なりに、自由の敵どもを恐怖で屈服させてやろうではありませんか。ええ、そうなのです。つまるところ、革命政府とは暴君に対する自由の専制主義なのです」

「はあ、はあ、はあ、はあ」

冬枯れの草の上に伸びながら、サン・ジュストはまだ呼吸も整わない体《てい》だった。身体が熱い。それだけに地面の冷たさは痛いくらいだ。それが辛《つら》い。いや、それが心地よい。甘く饐《す》えた女の臭《にお》いも、冬の空気に凍りついてしまうからだ。ああ、こいつはうまい。後を引かなくて、本当にうまい。

テレーズのほうはといえば、やはり呼吸を乱しながら、しばらくは馬鹿みたいに尻を出し、北風に洗われるままでいた。が、ハッとしたように動き出すと、裾布《すそぬの》を下げ、肌着が乱れた胸元を直し、素早く髪まで撫《な》でつけた後は、なぜだか口許が笑みだった。

「どうしたの。今日は早かったじゃない」

そうして小首を傾《かし》げたとき、テレーズはまるで勝ち誇るかのようだった。殴るぞ、阿《あ》婆《ば》擦《ず》れがっ。そう罵りを浴びせられても、怒り出す素ぶりもない。

なんだか馬鹿にされた気がした。女に余裕が感じられることも、苛立《いらだ》つくらいに癪《しゃく》だった。もちろん、自業自得であることもサン・ジュストは了解している。

――また、やってしまった。

こんな女に意味はない。ああ、塵《ごみ》と一緒だ。そうは思っていながら、サン・ジュストは抱いてしまう。パリにいるかぎり、ほとんど毎晩のように、テレーズのところに泊まる。それが女の自信になっていることも、承知しないわけではない。

――はん、ただ便利なだけだ。

はん、タダだしな。サン・ジュストは自分も着衣を直しにかかった。いくらか時間がかかってしまった。そろそろ晩餐《ばんさん》に戻らなければならない。だから、テレーズ、おまえも急げ。そして、いうんだ。いくらか御酒《おさけ》がすぎたようですとな。でも、ご心配なく、夜風にあたっているうちに、気分がよくなりましたとな。

「ということは、やっぱり本気なの、アントワーヌ・レオン」

「なにが」

「アンリエット・ルバなんて、あんな小娘と本当に結婚する気なの」

「小娘じゃない。ああ、もう立派なもんさ」

そう答えると、またテレーズは唇の端で笑った。当然、サン・ジュストは腹が立つ。本当に殴りつけてやろうかとさえ思う。なんだ、なんだ、さっきから調子に乗って、なにニヤついてばかりいる。

「だって、まだ抱いてもいないくせに」

「よくわかるな」

「わかるわよ、それくらい」

「そうだな。わかるな、ああ、それくらい」

と、そこはサン・ジュストも素直に認めた。ああ、簡単に手を出すわけがない。下らない欲望を満たすためになぞ、アンリエット・ルバを使えるわけがない。

なんとなれば、あの女は神聖なのだ。この俺が聖なる家族の一員になるための道具であれば、あの女も清くあらねばならないのだ。ロベスピエールさんの周囲には不潔な噂《うわさ》ひとつ流れてはならないのだと、それがサン・ジュストの考え方だった。

12——嘘つき派

「あいつら、『嘘つき派《アンドルムール》』だぜ、くそったれ」

風月《ヴァントーズ》四日あるいは二月二十二日、その日もエベールは飛ばしていた。気に入りの帽子を直し直し、コルドリエ・クラブの演壇に登場するや、あとが乗り乗りで独壇場の体《てい》なのだ。いや、のべつまくなし騒ぎ立てちゃあ、あんまり大人げないなんていわれちまって、俺《おれ》っちも少しは静かにしていようかなんて思ったが、さすがに今度ばかりは声が勝手にでっかくなるぜ、くそったれ。

「まずもって、あの弛《たる》んだ連中だ。俺っちなんかは新手のフイヤン派とか、フィリポー派と呼んだりもしてるんだが、とにかく、あの貴族気取りどもの話だ」

世にいう寛大派《アンダルジャン》、もしくはダントン派のことである。万人承知の抗争であれば、その名前を出さないでは始まらない。

「あいつらは裏切り者だ、くそったれ。イギリス野郎に雇われながら、ブリソ派のかわりに国民公会《コンヴァンシオン》を混乱させてやがるんだ、くそったれ」

そうやって拳《こぶし》を突き上げれば、集会場からも怒号が返る。

「そうだ、そうだ、フィリポーなんか貴族の手先じゃねえか」

「いや、デムーランの新聞だって許せねえ。うまい風刺に騙《だま》されちまうが、あんなの、世の中のためになることなんて、一個もいっちゃいねえんだ」

「いや、なにが気に入らねえって、祖国を売るについちゃ正しい愛国者を告発するような奴《やつ》らが、今も議会で大きな顔してることだぜ」

会場も会場で大盛り上がりになっていた。主《おも》だった面々が残らず顔を出した以上に、いたるところが赤で埋め尽くされた。お決まりの帽子を頭にかぶるや、熱気で汗を掻《か》くほどに臭《にお》いが鼻をつくようなパリの貧しき人々までが、こぞって詰めかけたのだ。コルドリエ・クラブの会費を払っているのかは怪しいながら、演説を聞きたいという意欲は遅れるものではないと、もはやサン・キュロットたちは玄関にまで溢《あふ》れるような勢いなのだ。

「おう、おう、追放だ、追放だ、右は出てけ。フイヤン派も、ジロンド派も追放してやったんだから、今の右のダントン派も、さっさと追放しちまうのが道理だ」

「と、そんなような話だったろうが、雪月《ニヴォーズ》十八日のジャコバン・クラブじゃあ」

と、エベールは受けた。それはフィリポーを弁護するデムーランが「注意」されて、ジャコバン・クラブに吊るし上げられた夜のことである。それなのに、終わってみれば、なんの処分も下されなかった。俺っちがあいつらを「嘘つき派」と呼ぶことに決めたってえのも、そこなんだよ。

「カミーユは子供だとか、フィリポーは気が触れてるとか、おかしな言い訳こしらえてよ。だから処分できないなんて、甘やかしみてえな真似《まね》してよ。はん、そのうち、あいつは正直者だからなんて、ファーブル・デグランティーヌまで釈放しちまうんじゃねえか」

その名前を出せば、コルドリエ・クラブでは怒号が飛び出すに留《とど》まらない。椅子《いす》を蹴《け》って立ち上がり、脱いだ帽子を振り回し、あるいは固めた拳を突き出し、激しく床を踏み鳴らす者までが続出する。すでに会場いっぱいに充満していた皆の熱気も、一気に沸《ふっ》騰《とう》の域にまで上昇する。

「ふざけるな、ふざけるな。あんな二人といない卑怯《ひきょう》もんが許されてたまるもんか」

「おお、あんちくしょうは自分が助かるために、俺たちの仲間に罪をなすりつけやがったんだ。おかげで、なんの罪もねえヴァンサンやロンサン、それにマイヤールやマズエルまでが、逮捕されちまったんだ」

「ああ、あの詐欺師だけは許せねえ。追放なんて生ぬるい話じゃ済ませられねえ。断頭台に送るまでは、絶対に終わらせてやるものか」

「ところが、なにせ『嘘つき派』なものだから、そこのところが覚束《おぼつか》なくなってきた」

と、エベールは再び受けた。てえのも、あいつら、ダントン派を庇《かば》うだけじゃねえ。ジロンド派まで守ろうとしやがるんだ。

「まだ七十五人も牢獄《ろうごく》にいるってえのに、ジロンド派の問題は片づいた、ブリソ派は撲滅したなんて、しゃあしゃあと語りやがる。牢獄にいるなら有罪だろうし、有罪なら断頭台だろうとも思うんだが、なんたることか、裁判ひとつ行われねえ有様だ」

「どうして裁判にしねえんだよ」

「『嘘つき派』の論法じゃあ、牢獄に入れるってえのは、どうやら誰にも手出しできねえように守るって意味らしいんだ、くそったれ」

「ひでえ。ダントン派を庇ったり、ジロンド派を守ったり、本当にひでえが、ところで、その『嘘つき派』ってのは誰なんだい」

そう問いが投げられて、会場はドヤッと沸いた。おめえ、馬鹿だな。そんなことも知らねえで、全体なんの話だと思ってたんだよ。いや、だから、わからなかったんだ。わかるんなら、教えてくれよ。だから、ほら、その、なんだ、「嘘つき派」ってのは、おめえ、なあ……。

笑いは徐々に引いていった。「嘘つき派」とは誰なのか、誰も自信をもっては答えられなかった。目という目が自分に注がれる段になるまで待ってから、エベールは答えた。

余裕の薄笑いは、臆病者《おくびようもの》を見下すような表情だった。

「ロベスピエールの一派に決まってんじゃねえか」

名前が出ると、会場の静けさが強張《こわば》りをみせた。薄々感づいていた向きもないではなかったかもしれないが、仄《ほの》めかしの程度に留《とど》まらず、はっきり声に出されたことについては、やはり驚きを禁じえないようだった。

ロベスピエールの名前には、それだけ絶大な威光がある。革命の最初から貧しい庶民の味方だったからだ。貴族と戦い、ブルジョワと戦い、そのせいで虐《しいた》げられ、あるいは損をすることも少なくなかったが、なお態度を一貫させてきたからだ。しかし、だ。

――その名前を乗り越えるときが来たぜ、くそったれ。

エベールは止まらなかった。それどころか、輪をかけて勢いづいた。

「おおよ、おおよ、庇うとか、守るとか、そんな真似ができるのは権力者だけじゃねえか、くそったれ。権力者とくれば口ベスピエールに決まってんだろ、くそったれ」

「でも、デュシェーヌ親爺《おやじ》よお、なんだってロベスピエールさんは、そんな真似するんだろう」

「ジャコバン派だけじゃねえ。山岳《モンターニュ》派だけじゃねえ。コルドリエ派だけでもねえ。フイヤン派も、ジロンド派も、ダントン派も、へへ、もしかすると、王党派も、オルレアン派も、みんな仲良く一緒になって、フランスを守《も》り立てていこうって話だ、くそったれ」

「馬鹿な……。貴族野郎と一緒に……。ブルジョワどもと一緒に……」

「できるわけがねえよ、デュシェーヌ親爺」

「そうだ、できるわけがねえ。そんなの、やるだけ無駄だぜ、くそったれ。山羊《やぎ》とキャベツを一緒に育てるようなもんだ。自由を滅ぼす算段ばっかの極悪人なんざ、うまく救う方法があってたまるもんかってんだ」

わかってるんだよ、ロベスピエールだって。仲良くできるはずがねえのに、ひとつ囲いに閉じこめておこうってのは、お互いに喧嘩《けんか》するので手一杯にして、誰にも自分に逆らう余力は与えねえって、そういう姑息《こそく》な計算なんだ。つまるところ、自分が権力を握るために決まってんだよ、くそったれ。いよいよ有体《ありてい》に扱《こ》き下ろせば、多少の反発は出されるかなと思いきや、戸惑いに戻るわけでも、硬直に捕われるわけでもなく、集会場は盛り上がりの一途だった。

なるほど、ロベスピエールに頼めると思うなら、国民公会を熱心に傍聴するだろう。あるいはジャコバン・クラブの機関誌を隅から隅まで熟読すればよい。そんなことでは救われないとわかっているから、『デュシェーヌ親爺』の「くそったれ調」に酔うのである。先を争うようにして、コルドリエ・クラブに詰めかけるのである。

「ロベスピエールなんざ、とっくに、ありがたくなくなってらあ」

大騒ぎの聴衆は、目の光り方が異様だった。どんより泥酔したように据わりながら、それでいて奥底には荒《すさ》んだ光がギラついている。経験した者なら、わかる。ああ、こいつは獣の目玉だぜ、くそったれ。なんで、こんなに怖《こえ》えかって、飢《う》えてるからだぜ、くそったれ。

13——革命軍

エベールは再開した。ああ、もうロベスピエールに期待するのは無駄なんだよ。『嘘つき派』に堕《お》ちちまって、とっくに自分のことしか考えなくなってんだよ。

「それが証拠に、おまえら、暮らしは楽になったか」

問いかけたとたん、今度は会場が爆発したかの大音声《だいおんじょう》で、一斉に否《ノン》と返した。

一七九三年も不作だった。食糧不足は秋から噂《うわさ》されていた。いや、一七九四年に入り、本格的な冬を迎えて現実になってもいたのだが、まだしも凌《しの》ぎようがあった。それが雪月《ニヴオーズ》の終わりから雨 月《プリユヴィオーズ》にかけて、つまりは一月の下旬頃《ごろ》から、洒落《しゃれ》にならないくらいに深刻化したのである。

「だって、食い物があるかよ」

また一斉に否と返る。となれば、どんどん心が荒れてくる。腹がくちくならないからには、どんな戦勝報告を聞かされても喜べない。慈悲だの、寛容だの、思いやりだの説かれても、そいつを賜《たまわ》りたいのは俺《おれ》たちのほうなんだと、腹が立つばかりになる。

「てえのは、全体どういうカラクリだよ」

と、エベールは問いを続けた。吠《ほ》えるような勢いで、次から次と答えも返る。

「パリに食べ物が入ってこねえ」

「いや、あるんだ。パリにも入ってきてるんだ。ところが、値段が馬鹿高くって、とてもじゃねえが、手を出せねえ」

「そいつぁ、闇市《やみいち》の話だろう。ああ、最高価格法ができてからってもの、商人どもめ、闇にしか流さなくなりやがって」

「それはそれで間違いじゃねえが、俺がいってるのは、きちんと往来に面した肉屋の話だ。おっ、なんだ、あるじゃねえかと覗《のぞ》いてみれば、桁違《けたちが》いの値札の数字に目をパチクリさせられたって寸法よ」

「てえことは、肉屋に並んでいたのはベーコンだな」

「その通りだが、ベーコンだと、なんで高いとわかるんだ」

「政府発表の最高価格一覧表には、生肉の値段しかねえからだよ。だから、ベーコンだの、ハムだの、ソーセージだの、加工肉には高値をつけても罰せられねえって寸法だ」

「いや。生肉も高かったぜ」

「バターも高かった。闇市じゃなくて、モーベール広場の朝市の話だ」

「卵だって馬鹿高《だけ》え。二十五個で五十スーのはずが、八十スーの値段で売られてた」

「おいらは、二十五個で百スーってのもみた」

「そんな、いくらなんでも……」

「いや、その通り」

大きく手を広げながら、エベールは受けた。みんなのいうことは嘘《うそ》じゃねえ。貧しいサン・キュロットに嘘をつく理由なんかねえ。

「実際のところ、大方が公定価格の三割増から五割増になっちまってる。どの店、この店って話じゃなくて、パリ中がそうだ。表の市場も、闇市場も、ほとんど差がねえほどだ。だから、俺っちはいうんだ。ニンジン売りも、大店《おおだな》の商家も同じで、商人なんか、みんな食えねえもんだって。てえのも、買うほうが文句いえねえように、売るほうには同盟がある様子じゃねえか、くそったれ。大店だろうが、屋台だろうが、同じような悪《わる》巧《だく》みがみられるってのも、そういう裏があるからみてえじゃねえか、くそったれ」

「けど、デュシェーヌ親爺《おやじ》、これじゃあ、最高価格法の意味がねえよ」

「そこなんだよ、くそったれ」

澄まし顔で人差し指を立ててやれば、また会場は勝手に始める。

「闇市の値段が表に出てきたってことか」

「出てくるったって、違法だから闇市っていうんだろう。表に出たら、もう闇じゃねえだろう」

「だから、そもそも闇市を取り締まらなかったのが、おかしいんだ」

「そうだ、そこだ。問屋も、店屋も、捕まりゃしないと高《たか》を括《くく》って、それで図々《ずうずう》しくなったんだ。最高価格を平気で無視して、店頭でも高値で売るようになったんだ」

「ということは、だ」

また両手を広げながら、エベールはまとめにかかった。

「政府は最高価格法を本気でやろうって気がねえんだ、くそったれ。あっちの市場、こっちの商店と駆けまわって、いちいち取り締まるなんて、億劫《おっくう》で、億劫で、仕方がねえんだ、くそったれ」

「そんな、億劫だから、なんて……」

「だとしたら、ひでえ話だ」

「ああ、裏切られたな」

「しかし、そんなことってあるのか」

「おまえら、信じられねえっていうのか」

帽子の鍔《つば》を直しながら、エベールは続けた。よく考えてみろ。役人どもは大半がブルジョワだぜ。国民公会《コンヴァンシオン》の議員どもは、そのブルジョワから大枚《たいまい》の政治資金をもらってやがる。議員自身も大半がブルジョワだ。んでもって、ブルジョワのための政治をやりたいって輩《やから》を、追い出そうともしないってんだ。

「けどよお、デュシェーヌ親爺、こいつは議会で決まった法律で……」

「わかる。おまえらの言い分もわかる。ああ、俺っちだって去年の九月は、こんな出鱈《でたら》目《め》に落ちるなんて思わなかった。ああ、思うわけがねえ。最高価格法ができたときは、これで救われるって心から喜んだもんさ。もうひもじい思いともオサラバだと信じたもんさ。それってえのも……」

「ロベスピエールさんが約束してくれた」

「正確には公安委員会だが、まあ、ロベスピエールといっていい。だから、俺っち、あいつらを『嘘つき派』と呼びてえのさ」

「サン・キュロットは騙《だま》されたっていうのか」

「騙されたんじゃなかったら、とっくに暮らしが楽になってるはずじゃねえか」

「しかし、俺たちを騙すなんて信じられねえ。だって、ロベスピエールさんは『清廉《アンコリユプ》の士《テイブル》』なんだぞ」

「それでも、ブルジョワを大事にしてるぜ、くそったれ。ダントン派は庇《かば》うし、ジロンド派は守るしで、右ともよろしくやってるぜ、くそったれ」

「けど、公安委員会はパンだけは配給制にしてくれた。値段なんか関係なくしてくれた。そりゃあ量は足りないけど、少なくとも皆に平等に切符を配ってくれた」

「そいつだって、どうかな」

わざとらしくも、エベールは大きく溜《た》め息をついてみせた。いや、悲しい。俺っちは本当に悲しいよ。そりゃあ、俺っちだって疑いたくなかったよ。けどな、もう他に考えようがなくなっちまったんだ。ああ、おまえらだって、聞いてんだろ。昨日風月《ヴァントーズ》三日の国民公会さ。公安委員会を代表して、バレールは新しい最高価格一覧表を発表したのさ。

「公定価格は軒並み引き上げだ」

「…………」

「かなりの利益が出るように、商人のためをはからう改定だ、くそったれ。ブルジョワの言い値まで、吊《つ》り上げたんだ、くそったれ」

「…………」

「とうとう馬脚を現したんだよ、『嘘つき派』の連中は」

そう決めつけた直後だった。コルドリエ・クラブが揺れた。ああ、天井から吊るされたマラの心臓も、皆の頭上で右に左に動いている。元が石造りの僧院であるにもかかわらず、ビリッ、ビリッと四壁も軋《きし》んで止《や》まなかった。建物を震撼《しんかん》させたのは、それほどまでの怒りが籠《こ》められた怒号だった。

「ふざけるな、公安委員会」

「ロベスピエールを殺せ、ロベスピエールを殺せ」

「いや、それじゃあ済まねえぜ。てえのも、このままじゃあ、俺たちは飢え死にするしかないんだからな」

「嫌だ、嫌だ、死にたくねえ」

「どうしたらいい、デュシェーヌ親爺、どうしたらいいんだよ」

怒り、嘆き、泣き叫ぶ騒ぎが山を越えた頃合《ころあ》いを捕えて、エベールは再開した。なに、そんなに悲しむこたあねえ。「嘘つき派」がなにを企《たくら》もうと、正義ってえのは必ず行われることになってんだ、くそったれ。

「革命軍を増設すればいい」

発表された、それがコルドリエ・クラブの主張だった。おおさ、サン・キュロットの食糧徴発隊だ。ブルジョワの手先なんかじゃないんだ。その革命軍を増やして、ばんばん仕事をさせたらいいんだ。諸悪の根源は買い占め人だ。相場師だし、投機屋なんだ。こいつら、フランスの病根みたいなもんだ。それを治す唯一の治療法ってえのが、断頭台というわけだ。だから、ああ、俺っち、約束しておくぜ。

「断頭台を先頭に革命軍が行進するとき、サン・キュロットが食い物に困ることはねえ」

「断頭台だな。デュシェーヌ親爺、やっぱり、断頭台に送るんだな」

「おおさ、肉屋も、魚屋も、八百屋も、ズルは残らず断頭台だ。食堂だって、靴屋だって、とにかく商いをする輩は断頭台だ。いや、麦を出荷したがらねえ欲深の農民だって、断頭台にかけてやれ」

あとのコルドリエ・クラブは際限ない大合唱に突入した。革命軍、革命軍。断頭台、断頭台。掌《てのひら》で蓋《ふた》をして、馬鹿になりそうな耳を必死に守りながら、エベールはふうと静かに息を抜いた。

その実は冷や汗を拭《ぬぐ》うような気分だった。ああ、どうにか、こうにか、持ち直しそうじゃねえか、くそったれ。

14——好機到来

さすがのエベールも正直慌てた。ああ、一時はどうなることかと思った。

去年の夏にマラが死んだ。ロベスピエールも冴《さ》えない。デムーランはただの泣き虫だ。秋にはダントンまで田舎《いなか》に引いて、もう自分の天下に思えた。いや、少し調子に乗りすぎかなと、我ながら思わないでもなかったが、実際なにからなにまで思い通りだった。

——ところが、だ、くそったれ。

冬の初めにダントンが帰ってきた。デムーランは新しい新聞を発刊して、それまで『デュシェーヌ親爺《おやじ》』が独占していたパリの読者を奪い始めた。ロベスピエールまでが敵意を露《あらわ》にしながら、コルドリエ派に攻撃をしかけてきた。

——だからって、おまえら、どれほどのもんなんだよ、くそったれ。

なお強気を貫いて、これという手も打たずにいると、告発合戦の旗色が悪くなった。ファーブル・デグランティーヌの告発で、ロンサン、ヴァンサン、それにマイヤール、マズエルと逮捕された。東インド会社の清算に絡んだ横領の罪が、エベール派に着せられたのだ。

――こいつは……。

許せねえと、庶民らしい正義感で憤るより先に、エベールは青くなった。ちょっと拙《まず》いかもしれないと、慌てたのもそれからの話だ。まるで身に覚えがなかったからだ。

本当に違法行為で儲《もう》けていたら、告発など屁《へ》でもない、いや、逆に屁をひり返してやるくらいの勢いでいられただろう。なにせ居直りなら、得意なのだ。それこそは貧乏人の十八番《おはこ》なのだ。

――ところが、罪がでっちあげられるとなると……。

これは戦慄《せんりつ》せざるをえなかった。そうまでして引きずり落としたいと思われるほど、高いところにいるということだからだ。その高みが庶民には、馴《な》れないというか、居心地が悪いというか、いずれにせよ、やたらと不安な場所だったのだ。登る最中は楽しいばかりの木登りも、てっぺんから見下ろす段になると後悔するのだ。

――こんなとこから落ちたら、俺《おれ》っち、どうなっちまうんだよ、くそったれ。

エベールは怖くなった。政治を手がけて、初めて怖いと思った。

いや、サン・キュロットの蜂起《ほうき》に訴えるまでじゃないかと、気持ちを大きく持とうとも努めたが、その矢先にトゥーロンから戦勝報告が届いた。導入されたパンの配給制に満足して、パリの人々も妙に落ち着いていた。祖国の危機に、食糧の不足にと募《つの》る庶民の不満を糾合《きゅうごう》して、議会に圧力をかけるという得意技も、もう容易に使えなかった。

「恐怖政治《テルール》はいらない」

とも、囁《ささや》かれ始めた。暴落続きで昨夏には額面の二割二分まで落ち込んだアッシニャ紙幣も、霜月《フリメール》には四割八分まで持ちなおした。この分なら、じきに景気も上向《うわむ》くだろう。流通も回復して、最高価格法は必要なくなる。もちろん、革命軍も不要になる。

――んなことまで唱えられちゃあ、いよいよコルドリエ派の立つ瀬がねえ。

それでもフランスは幸せになれない。商人が勝手をやらない保証はない。ブルジョワが横暴を働かないとはかぎらない。脱キリスト教化の運動まで頓挫《とんざ》してしまうかもしれない。サン・キュロットが報われる世の中が来たとはいいきれない。そうやって社会正義を唱える以前に我が身が危ないと、エベールは戦慄の念を強くするばかりだった。

そのあたり、直感で動くエベールに幻想はありえなかった。ああ、落ちたら終わりだ。なにしろ、ずいぶん調子に乗ったものなのだ。

――俺っち、だいぶ恨まれてるからな。

ジロンド派に恨まれた。ブルジョワに恨まれた。更迭《こうてつ》した将軍たちにも恨まれている。現に仲間は告発され、逮捕された。自分もロベスピエールが発した官憲に逮捕されるかもしれない。裁判にかけられて、デムーランの息がかかった訴追検事に責められるかもしれない。あげく自分が祭具のように押し立てた断頭台に送られるかもしれない。そうして臆病《おくびょう》に駆られたが最後だった。

とことん庶民のエベールは、元来が体面を気にする質《たち》ではなかった。こっそりパリから逐電《ちくでん》することさえ、一時は本気で考えた。いや、やっぱり逃げたくはねえなあ。ちんちん小さいって自分から白状するようなもんだから、やっぱ格好悪いよなあ。ところが、そうして迷っているうちに、風向きが変わってきたのだ。

――へへ、食糧問題は甘かねえ。

それも今回の危機は別物の感があった。人為的な要素が加わる分だけ、革命のきっかけとなった一七八八年の危機より、よほど深刻なのではないかともいわれた。なんとなれば、今回は空腹が騒がしい音になったのだ。

パリのいたるところ、人が出ていた。家にいても食べ物がないからだ。探してみつかるわけではないが、それでもジッとしていられなくて、食糧を求めて表に出る。幽霊よろしく、ふらふら、ふらふら彷徨《さまよ》いながら、そうして叫び、泣き、わめきという、絶望の大合唱を始めるのだ。

パリは飢饉《ききん》の恐怖にさえ捕われた。実際のところ、遂《つい》に餓死者も出たらしい。狂気の九月虐殺でないながら、牢獄《ろうごく》に押しかけて、囚人を焼き殺して、その肉を食べてやるなどと、常軌を逸した叫び声まで、あちらこちらに木霊《こだま》する。

「だから、なんとかしてくれ、デュシェーヌ親爺」

となれば、なんとかなるかな、俺っちエベールも。そう思って、いくらか安心するのと前後して、デムーランとロベスピエールとが揉《も》め始めた。いや、揉めたわけではないとか、もう和解を果たしたとか聞こえてきたが、いずれにせよ、考えていたほど強い一枚岩でないことは確かだった。

現にダントンは諸外国と連絡して、密《ひそ》かに和平に動いている。徹底抗戦の方針を打ち出して、公安委員会はそれを反故《ほご》にしている。

恐怖政治も終わらない。戦争が終わる終わらないにかかわらず、共和国の基礎が固まるまでは取り下げられないという。そのためには徳と恐怖が必要だなんて、「清廉《アンコリユプティブル》の士」も素敵な話をしたもんだぜ、くそったれ。

ロベスピエールにしてみても、あの雨月《プリユヴィオーズ》十七日あるいは二月五日の演説は乾坤一擲《けんこんいってき》のそれだったらしい。あるいは骨が折れたのはデムーランの子守りのほうだったかもしれないが、とにかく、小男は疲労困憊《ひろうこんぱい》してしまった。

——あげく、病気になっちまった。

倒れたのが、雨月二十七日あるいは二月十五日の話だった。最初は仮病じゃないかともいわれたが、ロベスピエールは下宿のデュプレイ屋敷に籠《こも》りきりで、公安委員会も欠席、国民公会《コンヴァンシオン》も欠席、ジャコバン・クラブも欠席で、すでに一週間なのである。

「ロベスピエールの先生、本当に、病気かもしれねえな」

と、エベールは声に出した。答えたのは昔からの弟分だが、今や陸軍大臣の書記官長を務めるヴァンサンだった。ああ、間違いなく病気だ。ロベスピエールの奴《やつ》、このまま死んでしまうんじゃねえか。

「いずれにせよ、好機到来だ。エベール兄《にい》、こいつは一気にやっちまおうぜ」

15——蜂起しかない

集会が引けた深夜、コルドリエ・クラブでは幹部を残した話し合いがもたれていた。車座に椅子《いす》を並べて、顔をみせていたのがヴァンサン、ロンサン、モモロ、コロー・デルボワ、そしてエベールの隣席には、共和主義女性市民の会からクレール・ラコンブが来ている。いや、いい女だなあ、あいかわらず。

「だから一気にやっちまおうぜ、兄貴」

ヴァンサンが繰り返していた。ぼんやりしたまま、エベールは答える。いや、俺《おれ》っちだって、一気にやっちまいてえのは山々なんだ。

「けどよお、洒落《しゃれ》た口説き文句のひとつもなしに、いきなり押し倒すってわけにはいかねえじゃねえか」

「押し倒す？　えっ？　もしかテュイルリ宮の大扉を、かい」

「な、なんだ」

「だから、蜂起《ほうき》の話だよ」

「ああ、そのことか」

我ながら、いかにも気のない調子だった。ヴァンサン、それにロンサンあたりは不服げな表情で、立腹の気配さえないではない。が、それならエベールのほうには、取り合うつもりもなかった。同じ感覚で慣れというほうが無理だからだ。立場の違いというものは、あって当たり前の話なのだ。

「おまえら、釈放されたばかりだからな」

逮捕が取り下げられたのは、まだ一カ月にもならない、雨月十四日あるいは二月二日の話である。保安委員会の判断で、ヴァンサン、ロンサンともに釈放されたのだ。

「熱くなるなとはいわねえが、そいつを周りに押しつけるのは、どんなもんかな」

と、エベールは続けた。ああ、ヴァンサン、ロンサン、ともに興奮状態で、それはわからないではない。自分にも覚えがあるからだ。今や逮捕されるくらいの大物なのだと自負が疼《うず》けば、この俺さまほどの人間を投獄した不届き者には、たっぷり復讐《ふくしゅう》しないでは済まされないとも思うのだ。

「でも、まあ、釈放されたんだから、いいじゃねえか。いや、俺っちも経験者だけど、あれは脅《おど》しみたいなもんで、そのうち必ず釈放されることになってんだよ」

「あの頃《ころ》と今とは、少し違うと思うぜ」

「思うほど違わねえよ」

「ジャック・ルーは獄死したぜ」

「…………」

「ああ、あの激昂《アンラジェ》派の大物だ。俺たちと一緒に収監されてたんだが、自分は釈放されないと先を悲観したんだろうな。自殺したのは、雨月二十二日の話だ」

「だからって、いきなり……」

「いや、やはり蜂起しかないんじゃないか」

年嵩《としかさ》だけに少しだけ落ち着いた風で、ロンサンが確かめてきた。だって、もうダントン派には仕掛けられないわけなんだろう。

受けたのはコルドリエ街の印刷屋、いつも冷静沈着な御意見番モモロである。

「そうだな。ダントンの御大《おんたい》は、おまえたちの釈放を議会で支持してくれたからな」

事実として、保安委員会の釈放動議に、ダントンは賛成した。その迷いのない態度に、議会が引きずられた面もないではなかった。

「しかし……」

と、ロンサンは食い下がった。しかし、ブールドン・ドゥ・ロワーズだの、フィリポーだの、ルジャンドルだのは、俺たちの釈放に反対したと聞いたぞ。

「まあ、いい。ダントン派に手を出さないなら出さないでいいんだ。それでも、ファーブル・デグランティーヌだけは許せない。あいつだけでもいいから、意趣を晴らしたいよ」

「無理だ。相手は投獄中なんだぞ。しかもダントンの希望というのが、そのファーブル・デグランティーヌの釈放なんだ。そうなったらコルドリエ派の力も貸してくれって含意があって、おまえたちの釈放を支持してくれたわけだ」

「ということは、モモロさん……」

「ダントン派とは手打ちの方向で調整している。そうなんだろう、エベール」

エベールは頷《うなず》いた。ああ、こっそり話してきたぜ。答えながら、ポッコリ突き出た腹をさすりさすりで、ひとつゲップまで吐き出した。この食糧難に酒も肴《さかな》もたっぷり出たから、腹を空《す》かせたサン・キュロットにみつからないよう、本当にこっそりの晩餐《ばんさん》だ。

「お互い叩《たた》けば埃《ほこり》が出る身だろう、なんていわれちゃあ、もう仕方ねえだろう、くそったれ。カリエとか、フーシェとかも帰ってくるしな、くそったれ。あいつら、ナントとか、リヨンとか、派遣委員で赴任した先じゃあ、荒っぽい手も使ったようじゃねえか。ダントン派が責める気なら、いくらでも責められるじゃねえか」

このへんで手打ちにしたほうが利口だ、とエベールはまとめた。

手打ちにする。その判断が間違っているとは思わない。が、ある種の罪悪感があるのも事実だった。なんとなれば、ダントン派もしくは寛大《アンダルジャン》派というのは、ブルジョワ擁護《ようご》の議会主義、つまりは政界の右派なのだ。左派として、それと手を結ぶとなると、いくら保身の知恵だとはいえ、『デュシェーヌ親爺《おやじ》』を支持してくれるサン・キュロットに対しては、なんだか裏切りを働いたような気になるのだ。

「土台がコルドリエ・クラブの仲間だ」

とも、エベールは続けた。あいつらがブルジョワのために働いて、俺っちたちがサン・キュロットのために働いて、そうしているうち協力できる話も出てくるかもしれねえ。

「でも、すっきりしないね」

受けたのが、クレール・ラコンブだった。仲間だっていうし、寛大派と呼ばれてもいるけど、女の話なんか聞いてくれないっていうか、女の市民権なんか端《はな》から認める気がないっていうか、とにかく門前払いの態度はダントン派も他と同じだからね。

「溝が埋まらないいくらい信条が違う相手と組むのは、うん、やっぱり、すっきりしないよ」

うんうんと頷きながら、エベールは真剣な顔で思う。ああ、その通り、すっきりしねえ。うん、うん、溝を埋める想像ばっかしてるもんだから、いちもつの先のほうがヌルヌルしてきて、うん、うん、そこんところは確かにすっきりしちゃいねえ。

「ああ、ちくしょう」

吐き出しながら、ヴァンサンは立ち上がった。靴底を何度も床に叩きつけ、ちくしょう、ちくしょうと繰り返す。ああ、わかってる。ダントン派と和解するのが賢いって、それは俺だってわかってるんだ。

「でも、このままじゃあ、気が済まねえ。なんのために牢獄にいたのかわからねえ」

「そうなんだ。ヴァンサンのいう通りなんだ。ああ、短絡的な言い方になるかもしれないが、ここはひと暴れしたいところだ」

ロンサンまでが吐き出した。だって、エベール、あんたはよかったよ。牢獄から釈放されて、すぐに蜂起になったからな。ジロンド派を追い出して、一気に名を上げたからな。ああ、あんたは報われたんだ。で、俺たちには、どう報いてくれるんだよ。

「だから、ロンサンよお、報いるとかなんとかじゃねえだろう」

「世のため、人のためになる蜂起なら認めてくれるか」

「そんな、ヴァンサンも、よお」

「ダントン派には手を出せない。それは、わかる。でも、手打ちにするのは、お互い叩けば埃が出る身だからだろう。だったら、エベール兄《にい》、その叩く奴《やつ》を狙《ねら》えばいいだけじゃねえか」

「あんたがいう『嘘つき派《アンドルムール》』のことだよ。世のため、人のため、ロベスピエールと公安委員会に狙《ねら》いを定める。そう宣言したんじゃないのか、エベール、さっきの演説で」

「そ、そうはいっちゃいねえよ」

「だったら、はっきりいっちまおうぜ、エベール兄。ダントンの寛大派はなにもしねえが、ロベスピエールの『嘘つき派』は誤魔化《ごまか》しばっかで、かえって生活を苦しくすると、さ」

「最高価格法には騙《だま》されたなんて、いや、さすがエベールで、あれは正鵠《せいこく》を射ているよ。ああ、政争云々《うんぬん》、保身云々じゃない。ダントン派よりロベスピエール派を除いたほうが、サン・キュロットのためになるんだよ」

16――気になる

ヴァンサン、ロンサンに矢継ぎ早に畳みかけられ、さすがのエベールも抗弁が容易でなくなった。閉口するというのは、モモロまで連中の加勢に回ったからだ。

「最近のロベスピエールときたら、確かに鼻につくことばかりだね。公安委員会の仕事、議会の仕事となると、それ相応の手順を踏まなければならないけど、比べて大した手続きもいらないせいか、ジャコバン・クラブでなんか、もう本当の独裁者だものね」

「ブリシェのことか」

いったん座りかけたヴァンサンだったが、またぞろ椅子《いす》を蹴《け》りながら前に出た。雨月十九日の話だな。国民公会《コンヴァンシオン》から沼派《マレ》の蛙《かえる》どもを除名しろ。ジロンド派の逮捕者七十五人を革命裁判所に送れ。そうやってコルドリエ・クラブの代表として、ブリシェが演説したときの話だな。

「ああ、ロベスピエールの野郎、俺《おれ》たちの大切な仲間、ブリシェを除籍追放の処分にしやがった」

「ヴァンサンが怒るのは道理さ。雨月二十三日にはヴァンサン自身も、ジャコバン・クラブ入会申し込みを拒絶されたわけだからね」

と、モモロが受けた。受けるはずで、温厚な印刷屋もこのときばかりは激怒したものだった。翌雨月二十四日あるいは二月十二日、ヴァンサンの入会拒否自体が陰謀の証拠であるとして、コルドリエ・クラブでロベスピエール告発の演説を試みたほどだった。

「やっぱり蜂起《ほうき》するしかないじゃないか」

と、ロンサンが話を戻した。ダントン派じゃなくて、まずロベスピエール派を除く。ロベスピエール派を除いたあとなら、ダントン派を除くのは造作もない。

「今なら、できないわけでもない」

新たに話に入るのは、前髪だけやけに短い男だった。コロー・デルボワはジャコバン・クラブの会員で、パリ管区選出の国民公会議員になり、今や公安委員会の一員でさえある。が、元が旅回りの劇団の座長をしていた男なので、なにげない話しぶりにも芝居がかった風がある。

好き嫌いは措《お》くとして、ロンサンなども劇作家出身、エベール自身も劇場の切符係であったことを考えれば、地金《じがね》からコルドリエ派と肌が合うところがあるのかもしれない。

それはビヨー・ヴァレンヌと並ぶ、コルドリエ派の代弁者だった。こちらの思惑を議会に、そして委員会にと反映させる役割を頼んでいたわけだが、コロー・デルボワは派遣委員として、ずっとリヨンに赴任していた。

つまりはパリを留守にし、公安委員会を欠席していた。それがコルドリエ派が強《し》いられた劣勢の一因ともなっていた。残されたビヨー・ヴァレンヌひとりでは、ロベスピエールの独断専行を容易に阻《はば》めなかったわけだ。

そのコロー・デルボワが、待たれたパリ帰京を果たした。霜月三十日あるいは十二月二十日の話であり、直後の『デュシェーヌ親爺《おやじ》』でエベールも書いたものだ。

「巨人が現れやがったぜ。おらおら、良き愛国者を悩ませてきた小鬼ども、地底百ピエ（約三十二メートル）の深さまで、さっさと逃げたが利口だぜ」

現に大きな力となった。ビヨー・ヴァレンヌと一緒にヴァンサンとロンサンの釈放を運動して、公安委員会、そして告発、逮捕、投獄と司法全般を管轄《かんかつ》する保安委員会を動かし、雨月十四日または二月二日の国民公会に決断を促したのも、実をいえば、このコロー・デルボワだったのだ。

ダントン派と手打ちを進めているといって、仲介役としてコルドリエ派まで渡りをつけてくれたのも、やはりコロー・デルボワである。

「少なくとも公安委員会なら簡単に倒せるだろう」

とも、コロー・デルボワは続けた。ああ、ほとんど人がいないからな。

嘘《うそ》ではなかった。雨月三十日または二月十八日に、今度はビヨー・ヴァレンヌが派遣委員として、ポール・マロに飛ぶことになった。同時にサン・タンドレがブレストに飛べば、プリュール・ドゥ・ラ・マルヌは昨年の九月からパリを留守にしているのだ。同宿の縁でもなかろうが、ロベスピエールの住むデュプレイ屋敷では、一緒にクートンまでが病に倒れていた。テュイルリ宮の委員会室には、今はバレール、カルノ、ランデ、プリュール・ドゥ・ラ・コート・ドールと、それくらいである。

「党派色が強い輩《やから》はいない」

「てえことは、コロー・デルボワの旦那《だんな》、俺たちの蜂起に逆らう奴《やつ》はいないと」

「ああ、ヴァンサン君、そう解釈して構わないだろう」

「だったら、蜂起で公安委員会を廃止して、そのままコロー・デルボワに独裁官に就任してもらえばいい。ああ、マラが唱えていた独裁官だ」

「ロンサン君、それは先走りすぎだろう」

「サン・ジュストはどうなんだ」

エベールが強引に割りこんだ。ははは、と無理な笑い声まで聞かせながら、コロー・デルボワたちに勝手に話を進められてはかなわなかった。ああ、あのおっかねえ兄ちゃんを忘れるわけにはいかねえだろ。独裁官なんて、サン・ジュストが認めるわけがねえ。

「蜂起からして阻《はば》もうとするに違いねえ。ああ、あいつは大人しくしてる玉じゃねえ」

「かもしれねえが、ビビりすぎだぜ、エベール兄《にい》。サン・ジュストがどれほどのもんだってんだ。ロベスピエールがいなきゃ、なんにもできねえ若造だぜ」

「確かに今はパリにいるが、ライン方面軍、それに最近は北部方面軍と派遣仕事に忙しい身でもあるから、パリの政争には疎《うと》いところもあるだろうしな」

ヴァンサン、コロー・デルボワと続いて、最後に説得にかかるのがロンサンだった。

「だから、蜂起しよう、エベール」

「しかし、なあ……」

「なんだよ、なんだよ、エベール兄らしくないぜ」

「なにか気になることでもあるのか」

「気になるってえか、うん、その、ショーメットの奴は、なんていうかと思ってな」

「あんな裏切り者になんか、お伺い立てることはねえぜ」

ヴァンサンは激しやすい。何度も立腹の素ぶりをみせたが、それにしても、これほど真っ赤な顔になることはなかった。ああ、ショーメットは俺たちを捨てたんだ。コルドリエ・クラブも辞めたんだ。最近はロベスピエールに擦《す》り寄る風さえある。

「あんな、あんな野郎……」

どうしてなのか、わからない。脱キリスト教化の運動に途中から疑問を覚えたとか、革命裁判所が巻き起こした粛清の嵐に辟易《へきえき》したからとか、様々に憶測されてはいるものの、はっきり理由を告げられたわけではない。ただ事実として、ショーメットは霜月に入る頃《ころ》から、コルドリエ派と距離を置くようになった。

ショーメットといえば、コルドリエ派が試みた蜂起という蜂起に、参謀として活躍してきた男である。

「いや、ショーメットなしで動けないわけじゃない。ヴァンサンやロンサン、それに私にしてみたところで、あいつの働きに後《おく》れを取るものじゃないと思うが」

「そうはいってねえよ、モモロの旦那。ああ、ショーメットがどう思う、こう思うじゃねえ。ただ、あいつが賛成してくれねえと、蜂起のパリ自治委員会《コミューン》も動かねえ」

ショーメットは変わらずパリ市の第一助役だった。市長パーシュが飾り物に近いので、実質的なパリ自治委員会の指導者である。パリが動くも動かないも、その胸三寸というところはある。

「だから、さ。パリ自治委員会が動かないで、決起が成功した例《ためし》があるかよ、くそったれ。一七八九年七月十四日の昔から、ずっと蜂起の後ろ盾じゃねえか、くそったれ」

17——急成長

風月《ヴァントーズ》十三日あるいは三月三日、テュイルリ宮の「からくりの間《マシーヌ》」は審議開始の時刻を間近に控えながら、ザワザワ私語に満ちていた。

特に騒いでいるわけではない。これという大きな争点を抱えながら、期待であるとか、不安であるとか、いずれにせよ平静でいられずに、ついつい左右と言葉をかわすと、そういった風ではなく、強《し》いていえば議員たちは、単に待ち時間を持て余すようにみえた。

——国民公会《コンヴァンシオン》は弛《たる》んでいる。

どこか弛んでいると、デムーランも思わないわけではなかった。その理由とて察せないわけではない。ああ、議場の空気を引き締める人間がいないからだ。

そろそろ時間になるらしく、壇上の諸席に人が着き始めた。後列に公安委員会と保安委員会の席、前列に置かれるのが議長の席だ。目を凝らしても、やはり小柄な影はなかった。

「マクシムは今日も来てねえみたいだな」

ダントンが隣席から話しかけてきた。まだザワザワしていたこともあり、声を落とすこともなかった。が、好んで取り上げたい話題ではない。仮に気になり、心のなかでは自問を際限なくするとしても、周囲に聞かれるのは癪《しゃく》なのだ。

いくらか閉口しながら、デムーランは素気《すげ》なく答えた。

「まだ病気なんだろ」

「にしても、長いぜ。どういう病気なんだよ、いったい」

「さあね」

「マクシムに、おまえ、会ってないのか、カミーユ」

「ああ、会っていない」

「デュプレイ屋敷に見舞いにも行かなかったのか」

「そういう君はどうなんだ、ダントン」

「俺《おれ》は行ったぜ。三日前に女房と一緒に行った。まだ熱が下がらないといってた。だから、あんたも早く結婚して、新妻にかいがいしく介抱してもらうがいいさとも勧めてきた」

「そ、そうなのか」

知らなかった。デムーランには少し驚きだった。好きとか嫌いとかの感情の虜《とりこ》にされることがなく、どんな人間の懐《ふところ》にもグイグイ入っていく男ではあるのだが、それにしてもダントンときたら……。

「カミーユ、まだ怒ってんのか」

「えっ、なんだよ、ダントン、藪《やぶ》から棒に」

「マクシムとは顔を合わせたくないんだろ」

「というわけじゃない。もちろん納得できない部分はあるよ。それでも顔を合わせたくないとか、そんな子供じみた了見じゃなく……」

静粛を求める鐘が鳴らされた。デムーランは隣席だけに聞こえる小声で続けた。ああ、そういうわけじゃない。マクシムのことは、嫌いなわけじゃない。

「少なくとも、あいつほどは、ね」

議長席に座すのは、サン・ジュストだった。何度か前髪を搔《か》き上げて、その薄情な女を思わせる相貌《そうぼう》で議場を睥睨《へいげい》するかのようだったが、いざ静粛が得られても声はなかった。発言の希望を募《つの》るでもなければ、誰かを指名するわけでもない。

そのかわりというか、自分が席から立ち上がった。壇上を斜め前方の演台に移動して、今日一番の論者はサン・ジュスト自身になるようだった。

「市民諸君、私は公安委員会の名において、すぐる風月八日の議会において革命の敵に下された法令の執行方法を、ここに明らかにしたいと思う」

と、サン・ジュストは始めた。ふてぶてしくもある態度は、相変わらずのものだった。憎らしくも、生意気にも、ひとを馬鹿にするようにも感じられて、デムーランはいつもペッと唾《つば》を吐きたい衝動に駆られてきた。

それが今日は簡単に唾棄する気になれなかった。これまでとは微妙に印象が異なるようにも感じられた。

――堂々としている。

革命家としての急成長は、つとに噂《うわさ》されるところだった。サン・ジュストには派遣委員として飛んだライン方面軍、北部方面軍での実績もある。パリに戻れば、今度は人手不足の公安委員会を切り盛りする。それも実力者のコロー・デルボワと席を並べて、その独走に掣肘《せいちゅう》を加えながらの運営ぶりである。

「おかげでエベール派は暴走しねえ」

寛大《アンダルジャン》派との話し合いにも応じてくれる。いいかえれば、ロベスピエールの思惑通りに、諸派を洩《も》らさず政権の枠の内に留《とど》めている。そうダントンが評したくらい、昨今のサン・ジュストには力があるようだった。

「はん」

面白くない。なお素直に認める気にはなれない。とはいえ、それはそれである。サン・ジュストの動静は見逃せない。ことによると、革命の進路さえ左右しかねない。

デムーランは演説の吟味にかかった。持ち出されたのは、風月八日または二月二十六日に可決された法令だった。なるほど、その日もサン・ジュストは演壇に立っていた。そのときの演説は「公安ならびに保安、両委員会合同報告、被収監者の処遇について」と題されたものだった。

内容はといえば、恐怖政治《テルール》と革命政府の弁明にすぎなかった。裁判に寛容の心は無用で、常に厳格でなければならないとか、下手《へた》に釈放したが最後で、武装蜂起《ほうき》されるのが落ちだとか、革命を中途半端で止《や》めるなら、それは自ら墓穴《ぼけつ》を掘ることでしかないとか、それこそデムーランの耳には、こちらを名指しして責めているとしか聞こえなかった。

――やはり好きになれない。

とはいえ、法令として具体化される段になると、思いのほかに穏健といおうか、それはサン・ジュストらしくないと思うほど常識的な文言《もんごん》だった。

「第一条、保安委員会には収監されている愛国者を釈放し、それを自由にする権限が与えられる。自由を求める者は例外なく、一七八九年五月一日以降の行動を報告しなければならない」

寛容であってはならず厳格であるべきという主張が、革命勃発《ぼっぱつ》の年の、しかも全国三部会が開催される直前にまで遡《さかのぼ》る行動報告に反映されているとはいえ、愛国者の釈放そのものが否定されるわけではなかった。

保安委員会の所管として法制化が行われ、かねて嫌疑者法の濫用《らんよう》に警鐘《けいしょう》を鳴らしてきたデムーランにしてみれば、一歩前進という中身である。ああ、僕の取り組みは間違いではなかった。ああ、政治は確実に前進している。

――このまま身内の釈放に全力を挙げるのみ。

デュプレシの義父は、まだ収監されたままだった。が、ダントンがコルドリエ派との折衝に入り、またロベスピエールも病気のために両派の和解を阻《はば》めずにいるからには、あながち悲観したものではない。

きちんとした法律として、釈放の手続きまで定められるなら、いよいよ希望の芽が膨らむ。ああ、じき義父も自由になる。エベールたちに告発を取り下げさせる。そのうえで保安委員会に働きかける。

風月八日の法令には、もう一条が立てられていた。

「第二条、愛国者の財産は不可侵にして神聖である。反対に革命の敵と認定された人物の財産は、共和国の利益のために供託《きょうたく》処分とされる。件《くだん》の人物は平和の到来まで収監され、また平和が到来した後は終身の追放処分とされる」

釈放が善処され、また釈放される人間には手厚いかたわら、そのまま断罪される人間には過酷な定めだった。財産を没収されたあげくに、国外追放に処されるのだ。

とはいえ、この没収という論法も、すでに自ら国外に亡命した貴族の財産については適用されてきており、とりたてて目新しいものではなかった。

演壇のサン・ジュストが続けていた。

「政府の知恵を総動員して革命に反対する党派を減らし、全ての悪徳と全ての自由の敵の犠牲において、人民を幸福にせんとする試みについては、すでに了解のことと思う。ここで明らかにしたいのも、その財産を、革命を支える人間の利益のために、あるいは敵と戦ったための損失を埋めるために差し向ける、具体的な方法についてなのだ」

今日風月十三日に明らかにされる法令の執行方法とは、どうやら第二条に関する細目になるらしかった。

「心の奥に秘された動きまで見逃さず、自分のこととして考えてほしい。諸君が掲げてきた目的から諸君を切り離してしまうような、中途半端な考えからは脱却するのだ。革命を混乱させ、その歩みを妨げるような謀《はかりごと》を追いかけるより、革命は駆け足になったほうがよい。ここに計画を定め、人類の利益のために結果を出すのは、諸君に他ならないのだ」

「…………」

「駆け足の道行《みちゆき》においては、常に外国の陰謀を招いてきた。諸君らの痛烈な一打は自国の王政を停止させてしまったのみならず、他の諸王の心臓までを止めてしまったからだ。法律の細目など決めていても仕方なかった。そんなもの、心から逆上していれば感じることもないくらいの、ほんの小さな傷のようなものにすぎないのだ」

小声ながらも、デムーランは隣席に問わないではいられなかった。なあ、ダントン、なにがいいたいのだと思う。

「サン・ジュストの奴《やつ》、確か法令の執行方法を明らかにするといったよな」

「ううん、俺にもわからねえ。本題の前振りにしても、どこにどうつながるのか、全然みえてこねえ」

「いつもながら乱暴な極論を吐いているのは間違いないけど、うん、さすがに今日のサン・ジュストはひどいね。はっきりいって、あいつ、演説は下手なんだよね」

「それでも敬意を払ってよいのだ」

サン・ジュストは変わらず臆《おく》する様子もなかった。ああ、誇りとともに、フランス人民の運命を語ってよいのだ。人民の父祖に加えられた千二百年もの大罪に、そうすることで復讐《ふくしゅう》するのだ。

18——風月法

並べられたのは、またしても勇ましいが、その割に意味が不明な言葉だった。周囲の議席を見回せば、同じように首を傾《かし》げ、あるいは怪訝《けげん》な顔をしている議員は少なくなかった。ぶつぶつ隣と囁《ささや》き合う議員もいる。冷やかすように顎《あご》をふったり、肩を竦《すく》めてみせたりの輩《やから》も、一人や二人に留《とど》まらない。

——それでも、野次は飛ばない。

議席からも、傍聴席からも、ひとつの声も上がらない。デムーランも認めざるをえないところ、サン・ジュストにはちょっと揶揄《やゆ》などできない迫力が備わっていた。乱暴な言葉がもたらす不思議な説得力とても、処女演説のときからみせつけられてきたものだ。

「我々の身に起きたことは、ヨーロッパの人民には、しばしば誤って伝えられる。ああ、残念ながら、諸君らの議論は捩《ね》じ曲げられてしまうのだ。それでも、だ。強い法律だけは決して捩じ曲げられることがない。それは消せない雷鳴のごとく、外国の隅々まで響き渡るものだ」

デムーランは再び囁いた。おやおや、それにしても、大仰《おおぎょう》な話になってきたぞ。

「ヨーロッパは学ぶであろう。我々はもはや不幸を望まないのだと。フランスの土地に圧政を敷く者は要らないのだと。そうして、目《ま》のあたりにするだろう。徳への愛と幸福という考え方が伝播《でんぱ》した土地では、かくも大きな実りがもたらされるのだという好例を。ああ、幸福こそはヨーロッパの新しい観念なのだ」

細かな方法を論じるはずが、なんて抽象的な話なんだ。そもそも法律論でさえなくて、もうほとんど説教だよ。キリスト教の神父のそれとはいわないまでも、啓蒙思想《けいもうしそう》の哲学者がくだを巻いているのと変わらないよ。そうまで口許《くちもと》で続けてから、デムーランはハッとした。ふと目を向けてみると、ダントンの顔つきが変わっていた。

政治の嗅覚に優れた男である。凡人に先んじて、常に異変を察知してきた。そのダントンが眉間《みけん》に皺《しわ》を寄せていた。細めた目の奥に覗《のぞ》かせるのは、もしや悲愴感《ひそうかん》なのか。縦に傷痕《きずあと》が走る分厚い唇まで嚙《か》みながら、そうまで思いつめた顔になるのは全体なにゆえのことなのか。

「私は以下の法令を提案する」

サン・ジュストの演説が、いきなり飛んだ。ほとんど脈絡が取れないほどの飛び方だ。ああ、そうだ。風月《ヴァントーズ》八日法令の執行方法に関しては、全部で三条を掲げたい。

「第一条、共和国の全ての自治体は、共和国が援助するべき貧しき愛国者の実情調査を行わなければならない。氏名、年齢、職業、子供の数を明記の上、その調査内容を各郡の執政部は、なるべく早く公安委員会に報告しなければならない」

「えっ」

今度のデムーランは、はっきりと声に出した。なにか意図あっての大声ではなかったが、知らないうちに出てしまった。驚きは同じ類《たぐい》の呻《うめ》きや問いかけとして、議場のあちらこちらからも上がっていた。ああ、驚かないはずがない。こんな唐突な話もない。

「援助するべき貧しき愛国者、だって？」

そんな話はしていない。全体どこから出てきたのか。もはや議場は困惑顔ばかりが並ぶ体《てい》だというのに、サン・ジュストだけは表情ひとつ変わらないのだ。

「第二条、かかる調査報告が届き次第、公安委員会は革命の敵の財産を用いて全ての不幸を賠償する方法について、報告書を提出しなければならない。検討の基礎となるのは保安委員会が作成した一覧表であるが、これは秘されず一般に公開される」

もはやデムーランは必死だった。全力で頭を働かせ、なんだ、どんな法律なのだと、必死に話を嚙み砕こうとした。

革命の敵の財産というのは、ああ、そうか、嫌疑者から没収される財産のことだ。なるほど、それは保安委員会の管轄《かんかつ》だ。その一覧に基づいて、なに、公安委員会は賠償するだと。各郡から提出された調査報告と突き合わせて、その方法を考えるだと。

――もしや貧しい人々を、没収財産で救済するつもりなのか。

そう思いついたものの、やはりデムーランは困惑から容易に抜けられなかった。

「第三条、したがって、パリまでの距離に応じて各郡ごとに定められた猶予の間に、それぞれの監視委員会が最優先事項として、被収監者の氏名ならびに一七八九年五月一日以降の行動を報告できるよう、保安委員会は共和国の全土にわたり詳細な指示を与えておかなければならない。今後において逮捕、収監されるであろう者についても同様である」

そう結ぶと、サン・ジュストは演台を離れた。議長席に戻ると、すぐさま審議に入ることを宣言した。

――しかし……。

革命の敵の財産を没収して、貧しき人々に分け与える。そういえば麗《うるわ》しい徳の政治そのもののように聞こえる。が、騙《だま》されるものかと、デムーランは思う。驚きを脱し、遅れながらも覚醒《かくせい》すれば、わかる。デュプレシの義父が逮捕され、今も収監されたままであれば、看過ならざる悪法であることがみえてくる。

――革命の敵というのは、嫌疑者法で簡単に作り出せる。

言いがかりをつけるような告発で、あるいは無責任な密告ひとつで、いくらでも作り出せる。極論をいってしまえば、誰の財産でも没収しようと思えば没収して、好きに分配できるのだ。

――こんな馬鹿な法律があるか。

革命に仇《あだ》なす不正行為で儲《もう》けた富も、なかにはあるかもしれない。が、その人間が本当に革命の敵であったとしても、財産のなかには真当《まっとう》に働いて稼いだ富があるかもしれない。ましてや、濡《ぬ》れ衣《ぎぬ》を着せられた人間の富は、どうか。大方が正直に、真面目《まじめ》に働き、辛《つら》さに堪え、苦しさに音《ね》を上げず、コツコツ貯《た》めた財産なのではないか。その努力を黙殺して、実際に貧しいとはいえ、それも自らの怠惰の報いという連中に気前よく配ることが、果たして社会の正義なのか。

――事実上、所有権が崩壊する。

デムーランは居ても立ってもいられない気分だった。許せるか。こんな馬鹿な法律を許せるか。ああ、サン・ジュストの奴《やつ》め、調子に乗るな。マクシムが病気で留守にしているからと、勝手をするにも程がある。ああ、マクシムが聞いたら、承知するはずがないぞ。いくらなんでも、容認するはずがないぞ。

実際のところ、すぐにも手を挙げ、壇上に駆けていきたかった。踏み出しかけた足を止めざるをえなくなったのは、隣席のダントンが小声で呻いたからだった。

「まずいな」

デムーランが察するところ、自分も狙《ねら》われているという意味だろう。確かに、まずい。ダントンは、まずい。法務大臣時代の使途不明金問題に始まり、金絡みの醜聞が絶えないからだ。事実として金回りもすこぶる良いし、パリ郊外に屋敷を構え、故郷のシャンパーニュには地所を求めと、不動産も派手に買い集めている。

——狙われても、不思議ではない。

ここぞと告発される可能性は否定できない。仲間のファーブル・デグランティーヌは、現に逮捕されているのだ。こうして法律まで出されてみれば、狙い澄ましたような告発と財産没収は、すぐそこにある危機だといって過言ではない。

そこまで考えてから、デムーランは息を吐いた。ああ、それほどの危険じゃないか。ファーブル・デグランティーヌは全く別な理屈の話か。

ダントンによれば、それはロベスピエールが左右の均衡を取るために投じた、いわば苦肉の策だった。ようやく安定した秤《はかり》を、またぞろ大きなおもりを置いたり抜いたりすることで、激しく揺らしたいわけがない。

もとより、ダントン派もしくは寛大《アンダルジャン》派と、エベール派もしくはコルドリエ派は、和解を交渉中である。この両派の対立から告発の事態が生じるとも思われない。

危ないとすれば、サン・ジュストの暴走だけだった。あるいは病身のロベスピエールが制止を利かせられない、今だけだというべきか。

デムーランは聞いた。

「しばらく逃げるか、ダントン」

「いや、逃げても無駄だ」

「そんなことはない。マクシムが復帰するまでの話さ。ああ、マクシムなら、こんな出《で》鱈目《たらめ》を認めるはずがないよ」

「そうかな。革命の敵の財産を没収して、貧民に分け与える。マクシムだって喜んで認める政策なように、俺《おれ》には思えてならないんだがな」

「それは、ああ、そうだろう。所有権の制限は以前から提言していたからね。生存権を認められなければならない、社会革命が必要だというのが、あの男の持論なわけだからね」

「だから、さ」

「いや、だからって、君の逮捕はないよ、ダントン。マクシムの肝煎《きもい》りで出された法律だとするなら、ましてありうるはずがない。左右の均衡を乱したくないわけだからね。扇の要《かなめ》の位置で政権を運営したいわけだからね」

「それが違ってきちまったようだ」

「えっ」

「サン・ジュスト、それに恐らくはマクシムも含めて、もう公安委員会はまんなかじゃねえかもしれねえ」

「それは、どういう……」

「サン・ジュストが吐いたような暴論は、左のエベールだって口に出したことがねえ。それでいて、貧民には喜ばれる。ブルジョワがズルで稼いだ財貨なんか、根こそぎ取り上げちまって構うものかと、それこそサン・キュロットは拍手喝采《はくしゅかっさい》するだろう」

「…………」

「富の再分配ということだ。しかも恐ろしく乱暴な手段で、犠牲者に有無をいわせない。今の公安委員会は左より左だってことさ」

「左より左だと、どうなる」

「これまでの革命を思い出してみろ、カミーユ。常に左が右を倒してきた。右を議会から追い出して、政権をとったとたんに今度は自分が右になり、それを新たな左から責められる。フイヤン派が追い出され、ジロンド派が処断され、右は左に倒されるってのが一種の法則なわけだから、右でも左でもねえ中央だけが政権を維持できる。それが俺の理屈だったし、マクシムも同じだろうと考えてきた。が、あいつは、まったく別な理屈できやがった」

「それは……」

「政権を握る徒党が極左に滑れば、残りは全て右になる。俺たち寛大派は無論のこと、エベール派までが右になる。みんなが追い出されるべき右になるんだ」

「けれど……」

あとのデムーランは、なけなしの理屈を繰り返すしかなかった。いや、ダントン、それは少し早計だよ。これはサン・ジュストの独断かもしれないだろ。公安委員会の総意じゃないかもしれないだろ。あるいはコロー・デルボワあたりの差し金かもしれない。あいつはエベール派で、つまりは左なわけだからね。いずれにせよ、マクシミリヤン・ロベスピエールともあろう男が、こんな馬鹿な話に易々《やすやす》と乗るようには思われないよ。

19——追い詰められて

風《ヴァントーズ》月十四日あるいは三月四日、その夕《ゆうべ》のコルドリエ・クラブは些《いささ》か荒れ模様だった。

「俺《おれ》は新しい一派を告発するぜ」

血気に逸《はや》るヴァンサンは打《ぶ》ち上げた。ああ、エベール兄《にい》がいう「嘘つき派《アンドルムール》」のことだ。あいつらはサン・キュロットを裏切ったんだ。そのことは否定のしようがねえ。ああ、もう待てねえ。

「国民公会《コンヴァンシオン》に戻ってみると、その新しい山岳派《モンターニュ》に脅《おど》されました。あれは革命を後退させる腹があるんだと思います。ええ、怪物ですよ。なにせ処刑台さえ反故《ほご》にしようとしているんですから」

そうやって続いた顔の長い男は、ジャン・バティスト・カリエだった。

派遣委員を務めていたナントから、雨《プリュヴィオーズ》月二十日あるいは二月八日付でパリに召還された男である。赴任先では、容疑者とされた人々を穴の空いた船に乗せて、ロワール河に流すという「溺死刑《できしけい》」を発明し、二千人も処刑していた。この残虐行為が問題視されて、遅かれ早かれ告発されざるをえないだろうとも噂《うわさ》されている。

「しかし、私は恐怖政治《テルール》を実践しただけなのです。なにせヴァンデ軍の勢力下だったのです。イギリスの陰謀も巡らされていました。そうした土地の住民を革命政府に従わせるためには、他に方法がなかっただけなのです。それが咎《とが》められるのだとしたら、咎めるほうが恐怖政治を放棄したことになりませんか」

それがカリエ自身の弁明だったが、国民公会のほうはといえば、どうも聞き入れる空気が皆無だったらしいのだ。

「ですから、もはや蜂起《ほうき》しかありません。ええ、神聖なる蜂起です。それこそ極悪人どもに対して取るべき唯一の手段ではありませんか」

いずれにせよ、クラブの正式な集会で重ねて動議が出されたからには、指導者の決断が求められる。それを請う満場の声に押されて、エベールは演壇に向かうことになった。

なるほど、ヴァンサンがいう通りで、公安、保安両委員会は「嘘つき派」だし、なるほど、カリエがいうように、ファーブル・デグランティーヌや七十五人のジロンド派を庇護《ひご》する輩《やから》は野心家に違いないと、まずは告発を追認した。

デムーランのジャコバン・クラブ会員資格回復は納得できないと、問題を蒸し返すこともした。保安委員のアマールは元がフランス王の会計官だから王党派だとか、公安委員のカルノは陸軍大臣ブーショットを追放して、その後任に馬鹿な弟を据えようとしているとか、新しい話の種も蒔《ま》いてみせた。

ところが、その夕のエベールは「ロベスピエール」の名前も挙げず、また長々と演説した割には、最後まで「蜂起」の一語だけは決して吐き出さなかった。

避けようとしていることは、誰の目にも明らかだった。

「デュシェーヌ親爺《おやじ》、なにも恐れることはありませんや。俺たち全員がデュシェーヌ親爺に変身して、皆で憎い奴《やつ》らをやっつけてみせますから」

そう声を入れたのが、パリ国民衛兵隊の副司令官ブーランジェだった。武器を担《かつ》ぐ連中を動員できる立場であり、これみよがしに軍服を着こんでの集会参加であったからには、なに恐れるものかと会場の雰囲気は盛り上がるばかりになる。

「ああ、そうだ。エベール、そんな弱気で、どうするんだ」

モモロが叱咤激励《しったげきれい》すれば、挑発同然の野次も続く。どうした、どうした、デュシェーヌ親爺。なにも初めてじゃないだろう。一七九二年八月十日、一七九三年六月二日、一七九三年九月五日と、これまで三度も成功してきたじゃないか。ちょっと羽振りがよくなったからって、腰抜けになったんじゃないだろうな。もしか帽子が脱げるのが怖いのか。蜂起の途中で隠した禿《は》げがバレるのが嫌なのか。いや、その実は臆病《おくびょう》なんだろう、デュシェーヌ親爺。蜂起ひとつ決断できねえ、小心者なんだろう。

「おいおい、誰のいちもつが小せえって？」

　エベールとしても、逃げるわけにはいかない雰囲気だった。てめえ、おかしな言いがかりつけやがるんなら、一晩おめえの女房を貸しやがれ、くそったれ。勇ましいとこ、みせてやるから、朝に話を聞きやがれ、くそったれ。

「エレーヌっていったっけ。おめえの栗毛《くりげ》の上《かみ》さんなら、思い浮かべて、これまで三度は手こきしてらあ。その想像通りに卑猥《ひわい》のかぎりを尽くしてやるからよ」

　ゲラゲラ笑いが引いてしまわないうちに、エベールは先を続けた。我ながら、そそくさという感じもないではなかった。いや、なにをやったらいいのか決まってるって話だぜ、くそったれ。

「ああ、そうだよ。もちろん、蜂起だよ。圧政者を打《ぶ》ち殺す狼煙《のろし》を上げることにかけちゃあ、コルドリエ派は余所《よそ》に遅れるものじゃねえからな、くそったれ」

　吠《ほ》えながら持ち出したのが、人権宣言の文言《もんごん》が綴《つづ》られた板絵だった。エベールはそれに圧政の犠牲者の暗喩《あんゆ》で、黒い布までかけた。会場は拍手の渦で、コルドリエ・クラブの集会も無事に引けた。が、そのまま僧院に居残る幹部となると、それでは済まなかったのだ。

　ガランとしただけ、音は幾重にも響く。蠟燭《ろうそく》の火も減らされ、暗がりが勝つようになれば、なおのこと耳ばかりがよく働く。あげくが楔《くさび》のように打ちこまれる鋭い声なのである。

「だから、いつ、どこで、なにをする蜂起なんだよ」

若いヴァンサンは、もう止まらなくなっていた。蜂起と打ち上げて、なんとなく興奮しても仕方がねえ。少なくとも、いつ、どこで、なにをするのか、それくらいは具体的に挙げてもらわないと、俺たちだって動くに動けねえじゃねえか。

エベールは閉口した。もう一日も終わりだ。腹も減ったし、酒も飲みたい。それが正しいサン・キュロットの来し方であるはずなのに、きちんと答えてもらうまではと、連中は家にも帰らせてくれないのだ。

仕方ない。さしあたりは欠伸《あくび》ながら、うまくはぐらかすしかない。

「いつ、どこで、なにをなんて問い詰められたって、俺っち、社長さんの秘書じゃねえし……」

「だったら、エベール、俺たちのほうで決めさせてもらうぜ」

今度はロンサンである。ああ、蜂起は明日だ。このコルドリエ・クラブに集合して、テュイルリ宮に行進する。狙《ねら》いは「嘘つき派」の排除だ。

「これで、いいな」

「なんて、急にいわれたって、なあ……」

「急にじゃないだろう」

と、モモロが続く。おまえだって、武器工場の話を聞いていないわけじゃないはずだ。

「戦争中だから、ここだけは景気がいいなんていわれてた工場で、大量解雇が行われたんだ。クビにされた連中、製鉄所の工員たちと一緒になって、再就職と賃上げの要求を運動したとき、全体なんていってたと思うんだ」

「知らねえよ」

「役立たずの国民公会は解散しろ、食べ物を約束してくれる独裁者のほうがいいと、そこまで声にしてるんだ」

「第二の九月虐殺が起こる、なんて噂もあるぜ」

「ヴァンサンのいう通りだ。蜂起は求められてるんだよ。なあ、エベール、あんたは期待されてるんだよ」

「ロンサンがここまでいうのも、その期待を裏切れば、もう終わりだからなんだ。今日の演説を、決行宣言ととらえた向きは少なくないぞ。やっぱりやりません、なんていうことになったら、冗談じゃなくて、本当にパリは暴発してしまうぞ」

「つまるところ、蜂起しかねえ」

最初の勢いで、ヴァンサンが話をまとめた。エベールとしては、いよいよ追い詰められた格好だった。

飯だの、酒だの、欲しがっている場合ではない。疲れただの、眠たいだのといってもいられない。事態は来るところまで来た。それくらい、エベールとてわかっていた。しかし、蜂起は気が進まねえ。なんだか、やる気が湧《わ》いてこねえ。確かに初めてじゃねえが、そう何度もうまくいくはずがねえし、それに今度ばかりは踏み出したが最後という、妙に嫌な感じがある。

とはいえ、全てエベールの直感である。直感、霊感、第六感を説明する術《すべ》などない。いや、理屈ならある。並べようと思えば、いくらかは並べられる。

20――逃げるが勝ち

「いや、コロー・デルボワも最近は蜂起《ほうき》に反対だぜ」

エベールは苦し紛《まぎ》れに吐き出した。ああ、当たり前の話だ。あの旦那《だんな》が仲介して、ダントン派と和解を進めてたわけだからな。その苦労が水の泡になるんだからな。

「てえか、一昨日《おとという》の夜も話したじゃねえか。デムーラン、ブールドン・ドゥ・ロワーズ、フィリポーの三人を告発して手打ちにしよう、コルドリエ・クラブの名前で国民公会《コンヴァンシオン》に訴状を届けようって、総意の結論まで出したじゃねえか」

「その状況が変わったんだよ、エベール」

「ああ、もうダントン派の話じゃねえ。俺《おれ》たちの狙《ねら》いは公安委員会なんだ。『嘘つき派』を追放しないじゃ、俺たちは終わりなんだ」

ロンサン、ヴァンサンと続けば、まとめるのはモモロである。

「つまりは、サン・ジュスト演説さ。八日の法令と合わせて呼ばれるところの風月法《ヴァントーズ》が、昨日風月十三日に議会で成立してしまったからさ」

革命の敵の財産を没収して、貧民に分配する。革命の敵というのは、大方が貴族か金持ちブルジョワである。貧民というのは、当然サン・キュロットだ。ということは、風月法は貧しきサン・キュロットの救済法なのだ。

「全土の郡役所に調査報告まで義務づけて、サン・ジュストの野郎、かなり本気だぜ。いや、『嘘つき派』のやることだから、今度も裏があるかもしれねえが、それでもサン・キュロットは支持してる。風月法の噂《うわさ》が洩《も》れ聞こえただけで、界隈《かいわい》は小躍《こおど》りする勢いだ」

そう返されては、エベールもグッと息を呑《の》むしかなかった。コロー・デルボワにしても、もともと蜂起に反対ではなかった。反対に回ったのは、ダントン派との和解が壊れるからでなく、公安委員会いまだ死なず、サン・ジュスト侮《あなど》りがたしと、認識を改めたからなのだ。

が、同じように認識を改めても、立場が違えば慌て方も違う。

「蜂起だ。こうなったら蜂起しかねえ」

「しかし、よお、ヴァンサン、その風月法ってのは、食糧問題を解決するわけじゃねえだろう。少なくとも、今々の空《す》きっ腹《ぱら》をくちくしてくれるものじゃねえ。買い占め人を殺せとか、革命軍を増やせとか、家宅捜索に励めとか、俺っちが叫んできた処断のほうが、何倍も効き目があるんじゃねえかよ、くそったれ」

「だから、だよ、エベール兄《にい》。だから、今しかないんだよ」

「てえのは……」

「食糧問題が深刻な今のうちだから、俺たちコルドリエ派は起《た》てるんだ」

「その通り、今のうちなんだよ、エベール」

「なんだよ、モモロの大将まで」

「風月法が施行されて、貧乏人に金が配られてしまったら、その金を当てこんで、商人どもは食糧を運びこんでくる。それで、問題は解決さ。革命の敵の財産を没収して、それを分けてくれる国民公会のほうがいい、公安委員会のほうがいいとなってしまったら、いよいよ我らの立つ瀬がなくなってしまうんだよ」

「しかし、よお……」

「だけじゃないぞ。ひるがえって、俺たちが革命の敵に仕立てられちまうかもしれない。ズルで儲《もう》けた金だろうなんて、財産まで根こそぎ持ってかれちまうかもしれない」

「そんな、ロンサン、おめえ……」

「それが嫌疑者法ってものだ。それが風月法ってものだ。それが公安委員会だし、あんたのいう『嘘つき派』ってものなんだよ」

「………」

「決まりだな」

と、モモロが受けた。いや、このまま流されるわけにはいかない。焦りながら、エベールは手を差し出した。いや、まて。そいつだけは、まってくれ。

「明日まで考えさせてくれ」

いうや、エベールは立ち上がった。急ぎ外套《がいとう》を羽織り、ポッシュに押し込んでいた帽子を被《かぶ》ると、そそくさと僧院の出口に向かってしまう。ああ、ここで話していても、埒《らち》が明かない。どんどん理屈に追い立てられて、最後に諾《ウィ》といわせられてしまうだけだ。

――逃げるが勝ち……。

その背中にヴァンサンとロンサンが続けて声を投げた。

「俺たちは蜂起の準備にかかるぜ」

「ああ、明日の朝一番には動き出す」

「エベール、あんたのこと、待っているからな」

表に出れば、まだまだ春というには遠い寒さだった。立ち止まり、ふうと大きく息を吐けば、いれかわりの空気は肺腑《はいふ》の奥まで冷たくする。

月は出ていて、雨でなく、雪でなく、風さえ吹いていなかった。悪い宵《よい》ではなかったが、折りからの食糧不足で、夜っぴて騒ぐ酒肴《しゅこう》もないということか、パリの界隈とは思えないほど静かでもあった。はん、こんな大人しい連中が、どうして明日には決起できるっていうんだよ。八月十日だって、六月二日だって、九月五日だって、いや、そもその七月十四日にしてみたところで、蜂起となったら前の晩から、ほとんど寝ずの大騒ぎだったもんじゃねえか。

「ったく、勝手な理屈ばっかり唱えやがって、くそったれ」

そう声に出したときだった。背後の玄関から物音が届いた。誰か出てきたか。俺っちを追ってきたのか。もしや文句を聞かれちまったか。いくらか気にしたエベールだったが、出てきたのは二人、それも薄闇《うすやみ》に透ける影絵は二人ともほっそりした印象だった。

エベールは直感した。

——クレール・ラコンブと、その連れか。

その夜もコルドリエ・クラブに来ていた。共和主義女性市民の会から、確かに一人を同道させての参加だった。ああ、間違いねえ。

塞《ふさ》いだ心に、さっと明るさが射した。わけなく心を浮き立たせる、やたらな明るさだ。おっとっと、やばいんじゃねえか、こいつは。そう自分を窘《たしな》めるほど、動き出さずにいられなかった。そんな愚かしささえ、嬉《うれ》しくてたまらないからだ。実際、このままじゃいられねえ。俺っち、このままモジモジしてるわけにゃいかねえ。

エベールは声をかけた。

「よお、クレール、これから帰りかい。にしても、女の夜歩きは危なかねえかい」

「でも、コルドリエ僧院に泊まるわけにはいかないもの」

「そら、そうだな。あいつら、気が立ってるみてえだしな」

「どういう意味よ」

「いや、とにかく、それなら、だ。俺っちエベール、知る人ぞ知る親切親爺《おやじ》だから、おまえらの家まで送ってやるよ」

「これからサン・トゥスターシュ教会だ」

割りこんだのは、連れの女のほうだった。「ヴィクトワール中隊長」とか呼ばれている共和主義女性市民の会の副会長で、なるほど、サン・トゥスターシュ教会というのは女たちの集会場である。

クレールの相棒という割には、なんだか怖い顔の女だった。加えるに背が高い。ダントンみたいにゴツくはないが、上背だけなら、うへ、もしや俺っちより高《たけ》えか。

「おいおい、変な下心じゃねえよ。ちょっと話があるだけだ」

エベールは続けたが、ヴィクトワールは睨《にら》み続けてやめなかった。だから、余計な心配いらねえって。

「いきなり物陰に押し倒したりしねえし、それに、もしムラムラきちまったら、そのときは、おめえも誘うからよ。えっ、おい、どうせなら三人で楽しもうじゃねえか」

ヴィクトワールは噴き出した。笑みを殺す顔になると、そのまま素直に後ろに下がった。なんだ、なんだ、おまえも俺っちエベールに、あちこち弄《いじ》られたいって口かよ。そうやって、まだニヤニヤしているうちだった。

「迷ってるの、エベール」

そう聞いてから、クレールは少し目を落とした。馬鹿なこと聞いちゃったね。そりゃ、迷うよね。なにせ蜂起なんだものね。人生かけなきゃいけないくらいの大事《おおごと》だし、それに自分だけじゃなくて、フランスの運命まで左右する試みなわけだし。

「うん、エベール、あんたの迷いは、わかるよ。指導者って、責任あるしね。なんでも決めているようにみえて、実は自分を支えてくれる人間に頼りきりだったりもするし」

「なんだ、それ」

「だから、私なんかも、ヴィクトワールにいなくなられたりしたら、きっとなにもできなくなるだろうなって」

「なんだ、ショーメットの話か」

「どうしたんだろうね、ショーメットさん」

「そいつが全然わからねえんだ、くそったれ」

ショーメットの話は、なんだか気が進まなかった。いや、さすが女の勘であり、エベールが蜂起に前向きになれない理由の大半が、実はショーメットの離反なのだ。あの口うるさい相棒がいてくれさえすれば、コロー・デルボワの和解工作も、サン・ジュストの救貧策も関係なく、おかしな言い方になるかもしれないが、もっと気楽に起《た》てたに違いないのだ。

21――なのに、いっちまった

――なんだか落ちこんじまった。

とはいえ、まだ道は残されている。サン・トゥスターシュ教会も、クレールが住んでいるヌーヴ・デ・プチ・シャン通りも、レ・アル市場の北側というか、パレ・エガリテの裏手というか、いずれにせよパリ右岸で、コルドリエ街からだとセーヌ河を渡らなければならない。

坂道に急《せ》かされるようにして、テクテクと足音だけ重ねながら、あまり会話が弾まなかった。これは、いかん。いかんというより、なんだか損をした気分だ。せっかくの機会なのに、無駄にしては腹が立つ。ああ、ショーメットの野郎なんかに、振り回されてたまるもんか。いつまでも落ちこんでやるもんか。新橋《ポン・ヌフ》の河風に頬《ほお》を撫《な》でられたのをきっかけに、エベールは始めた。

「実は心は決まってんだ」

そうなのと確かめて、クレールは驚いた顔だった。

「だって、さっきはあんなに……」

「いや、俺《おれ》っち、自慢じゃねえが、普段は御粗末《おそまつ》きわまりなくて、ほんと、ごめんなさいって感じなんだが、いざってときはムクムク大きくなる質《たち》でな」

「えっ、なに？」

「なにって、ほら、俺っち一流の比喩《ひゆ》って奴《やつ》よ」

「比喩、なの」

「とにかく、だ、クレール。俺っちエベール、今度こそ天下を取るぜ」

「うん、成功すれば、そうなるね。『嘘つき派《アンドルムール》』だっけ、ロベスピエールとか、サン・ジュストとか、公安委員会の連中を倒そうっていうんだからね」

「まあ、な」

「おもしろい天下になると思うな」

なんて、なに上から目線で、ひとを評価してんだよ。そんな偉そうな口ききたかったら、俺っちの僕ちゃんナメナメしてからにしろ。そんな戯言《ざれごと》を心に続けている間も、クレールは真面目《まじめ》な顔で続けた。うん、きっと、おもしろい。

「エベール、あんたみたいな天才肌は、全員の合議なんかに嵌《は》められるより、独断専行でやらせたほうが生きるだろうしね」

「なんだよ、なんだよ、天才肌だなんて。クレール、おめえ、もしかして俺っちに惚《ほ》れてんじゃねえか」

「はは、そのへんは、やっぱ馬鹿だよね」

「馬鹿は失敬だぜ、くそったれ」

「はは、はは、そうだね。それに……」

一拍おいて、真面目な顔に戻してから、クレールは続けた。それに、エベール、あんたの天下になったら、私たちも少しは報われるのかな。

「私たちって、共和主義女性市民の会のことか」

「というより、権利を求める女性市民一般よ」

「そりゃあ、報われるに決まってらあ。ああ、俺っちに任せてくれれば、悪い思いはさせねえよ。だからってわけじゃねえが、なあ、クレールよお……」

「なに」

確かめると一緒に、クレールはクルッという感じで顔を回した。だから、小首かしげるなってんだ、くそったれ。か、か、かわいいっていってんだよ、くそったれ。そう続けた心そのものが、ドキドキ上下を始めていた。いえ、エベール、今しかねえ、いっちまえ。だから、てめえは臆病者《おくびようもの》じゃねえんだろ。ちんちん縮み上がってるわけじゃねえんだろ。いや、けっこう縮んじまってるか。いや、いや、きちんと帽子は被ってきた。

少なくとも禿《は》げを笑われるわけじゃねえ。

「その、なんだ、まあ、大した話でもねえんだけど、もし、だよ。もし今度の蜂起《ほうき》が成功したら、よ」

「うん、成功したら？」

そうやって素直に話を受けられるほど、喉《のど》がカラカラに渇いてくる。やべえ、やべえ、心臓が口から飛び出してきちまいそうだ。ドキドキ、ドキドキ、俺っちエベール、三十六歳の純情なんちゃって。おっとっと、自分を茶化してる場合じゃねえか。

新橋も半ばをすぎた。左右に建物が迫らないので、この橋の上だけは声が籠《こも》ることがない。エベールはチラと後ろを覗《のぞ》いた。「ヴィクトワール中隊長」は少し離れてついてきている。うん、これなら聞かれねえ。ああ、勇気を出して、いっちまえ。

「ヤらしてくれ」

「えっ？」

「じゃなくて、俺とつきあってくれ」

「ああ、そういうこと」

クレールは顔を伏せた。横顔を突きつけたきり、目をくれる様子はない。もちろん、エベールは気まずい。しっかりと帽子に守られているはずなのに、髪も疎《まば》らな額からこめかみにかけたところが、おかしな具合に寒くてならない。

「勝手だわ、エベール」

それがクレールの答えだった。頭が白くなってしまって、なにがなんだかわからないながら、エベールが自分のことを思うに、たぶん焦ったのだろう。

早口の言葉が繰り出された。あ、ああ、そうだよな。いや、ほんと、仰《おっしゃ》る通り。

「なるほど、勝手だ。俺っちも女房持ちだってことは自覚してんだよ。けどな。なんてえか、えれえ恥ずかしいけど、まあ、ひり出した糞《くそ》を途中で千切るわけにはいかねえって教訓もあることだから、ひと思いにいっちまうとだ」

「なに、それ」

「本気なんだよ、クレール」

言葉にした直後から、エベールは赤面した。げげ、いっちまった。禿げなのに、いっちまった。帽子を被ってきたからって、あのジャン・テオフィル・ルクレールみてえなこといっちまった。

クレールはといえば、笑いに流れかけたところを、また真顔に戻していた。それらしい話も、今なら少しはできるかもしれないと、エベールは自分を急かした。

「女房とは離婚したっていいんだ」

「そんなことじゃないよ、私が勝手だっていったのは」

「じゃ、どんなことだよ」

「政治は政治、そこに個人的な話を絡めてくるなんて、それが勝手だっていうのよ」

「ああ、そうか、ああ、その通りだな。ああ、ああ、そうだ」

終わった、とエベールは心に吐いた。もう焦るまでもない。今度こそ観念するしかない。ああ、終わった。俺っちエベール、三十六歳の青春は今この瞬間に終わっちまった。

「でも、考えとく」

「えっ」

「いきなりだもの、考える時間は欲しいよ」

「それって……」

「そういうことよ」

「ああ、そうだな。おお、それくらい、当たり前だぜ、くそったれ。いや、でも、本当なんだな、クレール。本当に考えてくれるんだな」

「うん、告白してくれたことはね、それでも悪い気しなかったし」

嬉《うれ》しいっていえよ、素直じゃねえな。いや、俺っちのほうは今晩でも大丈夫よ。おっとっと、あんまりニヤニヤしていると、またぞろ本音が口から飛び出しちまう。エベールが口を押さえようとしたときだった。クレールは細い拳《こぶし》で、こちらの肩を突《つつ》いてきた。

「でも、つきあっても、ヤらせないよ」

「えっ」

「ヤらせろって、はじめのあれが本音なんでしょ」

突きつけるや、クレールは小走りになった。抜けた先が、もう新橋の右岸の袂《たもと》だった。ヴィクトワール、話は終わったから。そうやって相棒を呼んでから、エベールに向けられたのは笑顔だった。

「もう送ってくれなくていいわ。この子は強いのよ、実をいうと」

さすがの「ヴィクトワール中隊長」は、その長身を利した喧嘩《けんか》で、生半可な男など相手にもしないということだろう。ああ、なんとなくは、わかってたぜ。並びながら遠ざかる二人の女の尻を見送りながら、それにしてもとエベールは思わずにいられなかった。

――楽しいなあ。

あげくに独り小声で呟《つぶや》いた。ああ、これだから革命はやめられねえや、くそったれ。

22――無残な

――えへ、なんて気持ちいいんだ、くそったれ。

エベールは心に呻《うめ》いた。なにが気持ちいいって、サン・キュロットの夜の楽しみに決まってらあ、くそったれ。それも今夜は、ただジッとしていてくれりゃあ、口でいかせてあげるわよって、健気《けなげ》な女働きだ、くそったれ。

ぬるぬるして、あったかくて、ああ、気持ちいい、ああ、気持ちいいと繰り返しながら、恍惚顔《こうこつがお》のエベールは、ただ寝台に膝立《ひざだ》ちだった。本当にされるがままでいたのだが、その実は薄目ばかりは開けていた。

部屋には蠟燭《ろうそく》一本だけで、世辞にもシャンデリアとはいかなかった。それで灯火は十分、いや、それが丁度いいというのも、加減よく明暗を描きながら、ぼんやりと浮かび上がるものがあるからだ。下腹で前後している女の小さな頭の向こうに、ぐんと左右に張り出した、でんと大きな尻が覗《のぞ》けたりしているのだ。

——なんて結構な眺めなんだ、くそったれ。

いや、やっぱり最高の美尻だぜ、くそったれ。感極まるにつれて、あれこれ思いも駆け巡る。食べごろの洋梨《ようなし》がふたつ並んで、蔕《へた》のところでくっついてるってえか、女の尻って代物《しろもの》は、なんだってこれだけ見事な形に出来あがるかね。その白さといい、その丸みといい、ただ眺めているだけで不思議と愉快になれるってえか、思わずクスクス笑い出してしまうってえか、どうしてこれだけ幸せな気分にしてくれるかね。

——ジャック・ルネ・エベール、三十六歳、咥《くわ》えられ、尻を眺めて、哲学する。

なんちゃって、と心に馬鹿を続けるほど、頬《ほお》はだらしなく弛《ゆる》んでいく。いや、じっさい、この世に極楽ってものがあるとしたら、今このときに違いねえや。

——惜しむらくは、だ。

心に零《こぼ》して、今度のエベールは、はああと長い溜《た》め息だった。すぽんと滑稽《こっけい》な音を鳴らして、女の唇が下腹を離れた。

「すいません」

謝るのは誰でもない、妻のマリー・マルグリット・フランソワーズだった。

結婚して二年になるが、女房は変わらなかった。最高の美尻を持つ。ところが、それを除けば、どこもかしこも十人並で、はっきりいって、冴《さ》えない女だ。が、それが悪いわけじゃねえ。普通が悪いわけがねえ。ああ、おまえが謝るこたあねえ。謝らなきゃいけねえのは、逆に俺《おれ》っちのほうだ。

「なんてったって、起《た》たねえんだから」

ごめんよ、マリー・マルグリット・フランソワーズ、ごめんよ。そう続けたとき、恐らくは悲しい顔になったのだろう。大慌ての動き方で、ばっと髪を躍《おど》らせながら、女房はまた始めた。

再び任せきりになりながら、エベールは思う。いやはや、男が起たないと口でするってのは、女の一種の本能かね。そういえば、意識もないほど飲みすぎたとき、ベアトリス姉《ねえ》にも咥えられた記憶があらあ、くそったれ。てえか、たった今思い出して、本当にヤったんだなって、少し落ちこんじまったが、とにかく、自分に魅力がないせいだとか、そんなことは認められないとかで、女としても結構焦るのかもしれねえな。それとも、そうしなさいって、女の学校かなにかで習うのか。

「おしゃぶりだけは俺っちが教えたもんだと思ってたのに、くそったれ」

ぶつぶつと続けていると、その心にしみじみ湧《わ》いてくる思いがあった。女は女で色々あるとして、男は男で考えれば、俺っち、幸せ者だぜ。だって、この御粗末《おそまつ》な代物ときたら、どうだい。げらげら笑いで指さされて、おいおい、全体どこにあるんだってからかわれても仕方ねえくらい、小さくなっちまってるじゃねえか。起たねえんだから、当然といや当然だが、それとして役立たずなわけだから、本当なら女房にもみられたくねえ情けなさだ。だってえのに、一生懸命なめてくれるってんだから、もう俺っち、最高の果報者じゃねえか。

「パンの捏《こ》ね鉢《ばち》に四リーヴル（約二キログラム）の粉、あとは火酒の一杯もあれば、サン・キュロットは満ち足りている」

そういえば、そんなことも『デュシェーヌ親爺《おやじ》』に書いたっけ。思い出すほど、エベールは今の自分の勘違いに打ちのめされる気分だった。てえのも、てめえの身体《からだ》についた無駄肉をみるがいいぜ、くそったれ。見下ろす角度じゃ、縮こまった僕ちゃんなんか、どんと突き出す太鼓腹の陰に隠れて、まったくみえねえほどじゃねえか。それどころか、マリー・マルグリット・フランソワーズが尽くそうとしてくれるほど、ぶつからないようにって、顔を斜めに傾《かし》げなきゃならねえ始末じゃねえか。

――こんなに太ることたあ、なかった。

エベールは今さら自分を省みた。なにせ食糧不足だってんだ。パリ自治委員会だの、陸軍省だの、あるいは外国の銀行家だの、あちこちの伝《つて》を辿《たど》れば、この御時世でも贅沢《ぜいたく》できねえじゃねえが、それにしたって、こんなに食うことはなかった。

太りたくもなかった。これじゃあ、三十六歳にして、あんまりだ。薄毛は仕方ねえとして、あんまりにも不潔だ。ああ、ひもじくないのに、ひもじさを訴えるなんて、いくらなんでも臭《くさ》すぎるんだ。臭いのは結構として、そのことに気づかなかった、いや、気づいても気づかないふりをした、いや、いや、ちゃっかり隠そうとしていたんなら、いよいよ俺っち、最低の糞野郎《くそやろう》だぜ、くそったれ。

——こうなる前に、とっとと引き揚げるべきだった。

エベールは後悔にさえ捕われた。ああ、ちっと調子に乗りすぎた。これ以上は前に進むべきじゃねえ。サン・キュロットとして、とうに満願成就だったんだ。

——なのに高望みなんかするから。

元女優とつきあえるかもしれないなんて、おかしな夢みちまうから。そんな風にエベールが泣き言に傾いていくばかりなのは、他でもない。

風月《ヴァントーズ》十七日あるいは三月七日になっていた。風月十四日あるいは三月四日のコルドリエ・クラブ決議に基づいた、翌日の風月十五日あるいは三月五日の蜂起《ほうき》は失敗した。それも無残な、あまりに無残な失敗だった。

「蜂起だ」

食糧問題を解決するため、コルドリエ派が決起した。パリのひもじさに業《ごう》を煮やして、デュシェーヌ親爺が遂《つい》に起ち上がった。そうやって声を大きくしたのだが、どんな風に叫んでもパリは動こうとしなかった。

反応らしい反応があったのは、コルドリエ・クラブの膝元、テアトル・フランセ区から改めた、その名も「マラ区」のみだった。その動きとて鈍いもので、市政庁に代表を派遣したのは、ようやく夕方になってからだった。パリの食糧対策はどうなっているのかと市政評議会に質《ただ》し、善処らしい善処も示されないとわかるや、マラ区の買い占め検査員デュクロケが、向後《こうご》における家宅捜索の徹底を要求したのだ。

夜になって、モモロはデュクロケの提案を投票にかけさせて、コルドリエ・クラブの正式な決議とした。それをもって、明日には市政評議会に出直そうとなったのは、パリ自治委員会が動かないでは、やはり蜂起にならないとわかったからだ。

初日の反省は、それだけではなかった。横着してはならない。節約してもならない。そこで急ぎ金策に駆け回り、四十スーの日給で蜂起参加のサン・キュロットを募《つの》ることにした。応じたのは無職の連中ばかりだったが、それだけに疲れ、汚れ、苛立《いらだ》って、それなりの迫力があった。

二日目の風月十六日あるいは三月六日には、大挙パリ市政庁に向かい、市政評議会の議事堂に詰めかけた。が、そこで迎えたのが、パリ市の第一助役ショーメットだったのだ。

「おまえたち、なにやっている。ひもじいだと？　苦しいだと？　暮らしのことなら、国民公会《コンヴァンシオン》が嫌疑者の財産没収を決めたじゃないか。きちんと善処を約束してくれたじゃないか。なにより、今はフランスが大変なときなんだ。戦争が大詰めというときにもかかわらず、パリで騒ぎを起こすなんて、おまえたち、本当にどういう了見なんだ」

かえって叱《しか》られ、皆がしゅんとなってしまった。強気に出ようにも、今回は向こうみずな激昂《アンラジエ》派はいなかった。ほとんど逮捕されてしまっていたからだ。

国民衛兵隊も動いてくれず、力も裏付けも伴わなかった。それどころか、司令官のアンリオはショーメットの隣にいて、つまりは向こうで蜂起を鎮める側だった。

「小売商の監視を強化しろ」

そう求めるのが、精一杯だった。それどころか、硝石の収集を申し出たり、騎兵隊の徴兵に応じることを約束したり、騎兵隊のための馬の調達を請け合ったりと、市政庁に協力を申し出る輩《やから》が続出したほどだった。

そのまま皆が家路について、コルドリエ派の蜂起は終息した。買い占め検査員デュクロケが、七人家族から卵三十六個を押収、サン・キュロット三十六人に分配したのが、唯一の成果だった。

23──こええ

──つまりは無残な失敗だ。

無謀だった。情勢判断を誤った。でなくとも、準備不足だった。有力者の根回しも、大衆の煽動《せんどう》も、あげくが金も、味方も、なにもかも足りなかった。が、そうやって敗因を分析しても仕方がなかった。全て終わってしまったからだ。取り消しようもないからだ。

──全体どうなっちまうんだ、くそったれ。

ひとつ心に吐露すれば、あとの不安は底なしだった。なんとなれば、ただでは済まない。かつての激昂派のように、ただ笑われて流されるとは思われない。

──コルドリエ派の蜂起《ほうき》となれば、事件だからだ。

一七九三年六月の蜂起でジロンド派を追放した立役者であり、九月の蜂起で恐怖政治《テルール》を実現した革命の急先鋒《きゅうせんぽう》であるコルドリエ派。パリ市政庁や国民衛兵隊には見限られたとしても、なお陸軍省を根城に政界、官界、実業界に人脈を誇るコルドリエ派。エベールの『デュシェーヌ親爺《おやじ》』を擁《よう》して、サン・キュロットに絶大な人気を誇るコルドリエ派。それが公安委員会に盾つくという乾坤一擲《けんこんいってき》の蜂起を行い、あえなく不発に終わらせてしまったのだ。

——許されるはずがない。

そのとき瞼《まぶた》に浮かぶのは、丸眼鏡《まるめがね》の相貌《そうぼう》だった。きらりと光を反射しながら、その硝子《ガラス》が白く輝く。奥に隠れる目の表情が窺《うかが》えない。いや、人間らしい感情などありえない。あのロベスピエールが許してくれるはずがない。

エベールは思い出した。ミラボーはよく知らない。ラ・ファイエットや、デュポールなら、大物とも思わなかった。バルナーヴやヴェルニョー、それにデムーランなども紛《まご》うかたなき才人だが、いずれも怖いわけではなかった。ブリソやダントンは大物に違いないが、これまた目も合わせられないほどではなかった。

——それでもマラとロベスピエールだけは別格なのだ。

この二人にだけは畏怖《いふ》を禁じえない。従前それがエベールの感じ方だった。ほとんど直感に近いものだったかもしれないが、いずれにせよ、マラとロベスピエールだけには逆らわなかった。

感じ方が変わったのは、マラが死んだ直後からである。マラの後継者を称して、自分がマラになった気がしたからなのか、あるいはクレール・ラコンブなんかと親しくなったため、知らず背伸びしてしまったのか、ロベスピエールも怖くはないと思い始めた。

実際に刃向《はむ》かっても、怖くなかった。やることなすこと大当たり、もはや敵なしと思えた一頃《ひところ》もあった。が、どうやら、それが大した勘違いだったようだ。どうしてって、失敗すれば一番に、あの小男の潔癖な仏頂面《ぶっちょうづら》が浮かんでくるのだ。

――こええ。

またぞろ、きゅううと縮み上がるのがわかった。これ以上小さくなったら、俺《おれ》っち、とうとう女の子じゃねえか、くそったれ。そんな自虐を口走るほど、いよいよ自分が抑えられなくなる。

「すいません、すいません」

唐突に謝ると、マリー・マルグリット・フランソワーズはまた顔を上げた。咥《くわ》えたままだったので、いまひとつ言葉がはっきりしなかったが、どうしたんです、あなたと、それくらいに確かめたようだった。

当たり前だ。意味が取れるわけがない。が、こちらのエベールは頭のなかが、とうに恐慌を来《きた》しているのだ。だから、すいません、すいません。

「ちっちゃくて、すいません」

「そんなこと……」

「にぎってくれ」

「えっ」

「俺っちの卵ちゃん、にぎってくれ。だから、こええんだよ、くそったれ」

えっ、えっ、えっ、えっ、とエベールは声を上げて泣いた。寝台に尻から落ちると、ぺたんと座り、だらりと左右の腕を垂らして、おねしょした子供のように泣き続ける。なにをしているのか、なにをしたらよいのか、もうなにもわからない。ただ怖い。

「ああ、こええ。ロベスピエールが、こええ。どうしようもなく、こええ」

エベールは知らず、きつく目をつぶっていた。してみると、ごつごつして、なんだか固いような感触ながら、温かいものに包まれた。饐《す》えたような臭《にお》いまで鼻孔をくすぐり、マリー・マルグリット・フランソワーズに抱きつかれたことがわかった。

しかも、ちゃんと握ってくれている。モミモミまでしてくれて、やっぱ、おめえは最高の女房だぜ、くそったれ。

「大丈夫です、あなた、ロベスピエールさんは病気で寝ておられます」

と、マリー・マルグリット・フランソワーズはいった。正気に戻れる予感があって、慌てて瞼を瞬《またた》かせると、目の前が暗くなっていた。そのかわり、やはり臭《くさ》い。慎ましやかな膨らみに、つんと紫色の突起がみえた。

「ああ、そうか」

エベールは思い出した。そうだった。ロベスピエールが病気だ、今なら公安委員会を倒せる、まさに千載一遇《せんざいいちぐう》の好機だと、それが些《いささ》か軽々しいと自覚しながら、ままよと蜂起に踏みきった理由のひとつになっていた。

「だから、大丈夫ですよ」

そう重ねて説かれると、確かに安堵感《あんどかん》があった。が、人心地つけるまま、あっさり納得してしまうのも、楽観にすぎる気がした。それ以前に癪《しやく》なような気分もあり、エベールは駄々っ子のように続けた。

「大丈夫じゃねえ。大丈夫じゃねえ。蜂起は失敗したんだ。蜂起だぜ、蜂起。失敗すれば、もう全て終わりなんだ」

「ダントンさんだって、失敗したことがあります。ええ、一七九二年の六月二十日です。不遇の日々も味わわれたようですが、それでも八月十日には見事に復活したじゃありませんか」

「だから、あいつは特別なんだよ。ちんちん、デケえんだよ、馬並に」

「…………」

「とにかく、俺っちは終わりだ。昨日だって、バレールの旦那《だんな》が議会で吠《ほ》えたじゃねえか。食糧暴動を煽《あお》る輩《やから》は革命裁判所に送れなんて、声を張り上げたじゃねえか」

「けれど、コロー・デルボワさんが頑張ってくれています」

そうも持ち出して、マリー・マルグリット・フランソワーズは励ましをあきらめようとしなかった。

コルドリエ派と親しくしてきた議員コロー・デルボワは、自身が公安委員会の委員であり、それにも増してダントン派との共闘を画策してきた事情があり、またサン・ジュスト侮《あなど》りがたしの意も強く、ことに最近は蜂起に反対の立場だった。その意見が無視される形で蜂起が行われたのだから、企《たくら》みが具体化するが早いか火消しに動いた。

パリの諸街区《セクシオン》が静かだったのも、そのことと無関係ではない。昨日風月十六日にはジャコバン・クラブにも乗りこんで、興奮した一部の会員がコルドリエ派の蜂起に合流しようと騒ぎ出すと、それを思い留《とど》まるようにも説得した。

事態の鎮静化が確かめられるや、今度はコルドリエ派の擁護にも尽力した。指導者のなかには、自ら陰謀を企《くわだ》てた者と、単に騙《だま》された者がいるのであり、それを分けて考えるべきだとも熱弁を振るった。

今日風月十七日の昼には、コルドリエ・クラブにジャコバン・クラブの代表を連れてきた。公安委員会、とりわけロベスピエール、クートン、サン・ジュストらの支持基盤であるクラブと、コロー・デルボワの仲介で和解を果たすことができれば、首脳たちの取りなしにも期待が持てるというわけだ。

エベール、モモロ、ロンサンの三人は、それは丁重に面々を迎え入れた。愛想笑いに、御追従《おついしょう》にと励みながら、蜂起の一件については、もちろん平謝りだった。

「それでも、駄目なんだ。そんなんで大目にみてくれるほど、公安委員会は甘かねえんだ。いくらジャコバン・クラブの意見でも、ロベスピエールは聞かねえときは聞かねえんだ」

「そうと決まったわけじゃあ……」

「いや、決まった。俺っちは終わりなんだ。俺っちにはわかるんだ」

「そうですか」

マリー・マルグリット・フランソワーズは意外にすんなり引き取った。えっ、とエベールが思う間に、先まで続けた。ええ、そうですね。許されないかもしれないですね。

「ぜんぶ演技ですものね、コロー・デルボワさんにしても」

「えっ、そ、そうなの」

間抜けに問い返してしまってから、エベールは口を噤《つぐ》んだ。少し考えれば、マリー・マルグリット・フランソワーズの正しさがわかる。そうだな。ああ、その通りだ。なんだよ、てめえ、臭いだけじゃなくて、意外と賢い女房なんじゃねえか、くそったれ。

24――買い占め検査員

エベールは寒さを感じた。話なんかしたせいだ。さっきまで下腹に女の長い髪があり、そのときは思いもよらなかったが、おかげで暖かかったのだ。

それが、なくなった。いや、マリー・マルグリット・フランソワーズは揉《も》んでくれたし、抱いてくれた。まだまだ暖かかったはずなのに、調子づいて言葉を続けてしまったのだ。

その報いで、寒さに襲われた。そら恐ろしいばかりの寒さだ。ああ、馬鹿な真似《まね》をした。ああ、話なんかするんじゃなかった。するだけ無駄だ。今さら何にもならないからだ。

「ああ、和解なんて無理なんだ、くそったれ」

そう叫び声を上げたのは、ひとりエベールだけではなかった。実際のところ、ヴァンサンも同じ見方だった。

「コロー・デルボワなんか信用ならねえ。あの野郎は最初から保身だけだ。俺《おれ》たちを利用しただけなんだ。ましてや、ジャコバン・クラブが信じられるわけがねえ。そんな簡単に握手できるわけがねえ。なんてったって、俺は入会を拒まれたんだぞ」

そう叫んで譲らず、ジャコバン・クラブの代表も迎えなければ、謝罪する素ぶりもなかった。のみならず、『コルドリエ・クラブによる人民の友』という新しい新聞を自ら発刊、穏健主義の根絶を訴え、さらには国民公会《コンヴァンシオン》の解散まで主張して、つまりは闘争の続行を高らかに宣言した。

いや、ロンサンなども形ばかりは謝罪しながら、やはり釈然とはしていないようだった。

「そも『すぎた革命《ウルトラ》』なんて言葉自体、最も熱心な愛国者を抑圧する口実に使うために、あの『嘘つき派《アンドルムール》』が拵《こしら》えたものじゃないか」

そう演説したところをみると、今夕にはヴァンサンに合流する決意を固めたようだ。

結局のところ、他に道などありえなかった。すなわち、再度の蜂起《ほうき》を計画するしかない。やられる前にやるしかない。和解などありえないのだから。公安委員会が許すわけがないのだから。

「それが証拠に、俺っち、起《た》たねえ」

エベールは真実を認めるしかなかった。ああ、わかってる。ああ、理屈でものを考えたって仕方がねえ。サン・キュロットの直感が、こいつはやばいと警告したんだから間違いねえ。だって、こんな極楽待遇なのに、こんな縮み上がったままで、寛《くつろ》げる様子もないと来た日には、とっくに死地に踏みこんだとしか考えられねえ。

「だから、終わりだ。やっぱり、終わりだ」

エベールは、また泣いた。ごめんよ、マリー・マルグリット・フランソワーズ、ごめんよ。おまえにまで迷惑かけちまうかもしれねえ。ロラン夫人みてえに逮捕されちまうかもしれねえ。謝るほどに涙が止まらなくなるのだが、そうやって泣きじゃくること自体が、まだまだ甘えがあったことの証左だった。

女房が答えていた。構いません。ええ、わたしなら、もう終わりで構いませんよ。

「もう十分に生きましたから。修道院にいた頃《ころ》と比べたら、夢をみているような毎日でしたから」

「そ、そんな、おめえ……」

「本気でいってるんですよ」

「かもしれねえが、おめえ、そんな、縁起でもねえ。もうじき死ぬようなことというなよ、くそったれ」

「けど、わたしたち、もう終わりなんでしょう」

終わりって、殺されるって意味なんでしょう。そう確かめられたときだった。ダンダンと戸口を叩《たた》く音が響いた。

大袈裟《おおげさ》でなく、エベールは寝台のうえで痙攣《けいれん》した。もう来たのか。逮捕の官憲がやってきたのか。

政界で危うい綱渡りをしていれば、逮捕も初めてのことではなかった。が、これまでは、なぜだか余裕があった気がする。逮捕されようが、裁判にかけられようが、絶対に大丈夫なのだと、なんの根拠もないながら、絶対の自信があったのだ。

しかし、今回はマズい。これまでと比べると、全然マズい。

「死にたくないなら、逃げますか」

逮捕状が突きつけられるものと、マリー・マルグリット・フランソワーズも疑っていなかった。ええ、逃げるなら、わたしが時間稼ぎをします。その間に裏口から。

そう勧められて、エベールは首を振った。かつての内務大臣ロランは、夫人に国民衛兵の相手をさせて、その間に逃げたと聞いた。それは、してはならないことだ。見栄《みえ》も、意地も、気概もない、自儘《じまま》なサン・キュロットにして、女房を犠牲に自分が助かるなんて真似だけは、絶対にしてはならないことなのだ。

「いや、俺っちが出る」

といって、前回のように扉の向こうに軽口を叩く気にもなれなかった。怒りを買って、乱暴に踏みこまれて、自分だけの宝物をみられたくはないからだ。

「ちょっと待ってくれ」

そう外に告げると、内には服を着ようと勧めた。

身支度ができると、エベールは扉を開けた。ああ、これで本当に終わりなんだと思いきや、立っていたのは強面《こわもて》の官憲でも、国民衛兵隊の軍服でもなかった。それどころかサン・キュロットの赤帽子《ボネ・ルージュ》で、済まなさそうに目尻を下げた、どこかしら犬に似ている顔つきにも見覚えがあった。

「おめえ、ソブールじゃねえか」

それは住んでいるボンヌ・ヌーヴェル区の買い占め検査員だった。コルドリエ派が推奨する食糧対策の鍵《かぎ》のひとつであり、いうまでもなくソブールの就職はエベールの口利きによる。それが今にも泣きそうな顔をして、戸口に立ち尽くしていたのである。

「すいません、エベールさん」

と、ソブールは始めた。その瞬間に手を運んで、目を押さえることまでした。まさか、おめえ、うちの女房とできてんのか。口走って怪訝《けげん》な顔をされてから、とんだ見当違いと反省したが、そうでないなら謝られる理由が知れない。エベールは相手に促した。いや、まあ、今のは気にするな。で、なにが、すいませんなんだ、くそったれ。

「ええ、本当に気が進まないのですが、これは上からの命令なんです」

「だから、なんだよ」

「家宅捜索に入らせていただきます」

エベールが呆気《あつけ》に取られる間にも、赤帽子の数人が踏みこんできた。

その夜、エベール夫婦が暮らしているヌーヴ・ドゥ・エガリテ通り、フォルジュ広場のアパルトマンからは、ベーコン二十四リーヴルが発見された。その場で押収された顛《てん》末《まつ》を伝え聞くと、買い占めを罵《のの》り続けた「デュシェーヌ親爺《おやじ》」がなんたることかと、パリのサン・キュロットは一気に贔屓《ひいき》を止《や》めたという。

25――久方ぶりの仕事

風月《ヴァントーズ》二十二日もしくは三月十二日夜、あるいは瞼《まぶた》の重さから推して、もう日付が変わっているのかもしれなかったが、いよいよ疲れたなどとはいっていられない。眠気を黙らせる勢いで、ロベスピエールは手元の紙片を睨《にら》みつけた。

ざっと数えても十枚はあり、びっしり並んだ細かな文字は活字だった。すでに印刷に回されているということだ。最初から広く配布するつもりの草稿なのだ。

「公安委員会報告、外国人の徒党に関して、共和暦第二年風月二十三日の国民公会《コンヴァンシオン》審議にて」

それを大卓を囲んでいる皆に配り、最後にロベスピエールに手渡すと、そのまま傍らに立ち続けたのは、やはりといおうか、強硬派のサン・ジュストだった。

「お読みください」

繰り返すが、深夜である。漆黒《しっこく》の闇《やみ》が幅を利かせ、緑色の壁紙も、取手金具の輝きも、手の込んだ構図で描かれた天井画までもが、もう久しく色を奪われたままなのだ。

テュイルリ宮の一室であろうがなかろうが、もはや関係ない。ただ三叉《みつまた》の燭台《しよくだい》に三本の蠟燭《ろうそく》が踊るような炎を揺らし続けるので、皆が詰める卓上だけは暗くなかった。それを頼りに最初の数行に目を走らせ、ロベスピエールはむうと重たい息を洩《も》らした。

「フランス人民の代表たる市民諸君、自由な政府と自由な人民の間には、ごくごく自然な約束事がある。それにより政府は安心して自らを祖国に捧《ささ》げることができるし、それにより人民は躊躇《ためら》うことなく、ひたすら正しくいるだけでよくなる。蜂起《ほうき》もそのひとつで、それは人民に与えられた担保のようなものだ。それを禁じることはおろか、変えることすら望ましくない。しかしながら、ひるがえって政府のほうでも、正義と人民の美徳に立脚しているからには、自らに担保を確保しなければならない。

政府に対して企《たくら》まれる有害な陰謀は、公民精神の腐敗を意味し、正義と美徳の行使を妨害する。政府が担保を失えば、そのときは破壊のかぎりを尽くされてしまう。であるからには、本日は公安委員会の名において、祖国に寄せる愛の厳粛なる貢租を支払いたいと思う。フランス人民の面前で、政府の担保に対する邪悪な計画を告発したいと思うのだ。フランス人民とパリに対する陰謀を告発したいと思うのだ」

サン・ジュストが自ら書き、明日の国民公会で読み上げたいから、皆さんの賛同をいただきたいと出してきた、それは告発状だった。

言葉がないのは、ロベスピエールだけではなかった。公安委員会は全員が無言で、ただ紙片の文字を目で追いかけるか、あるいは追いかけるふりをしていた。

こんなもの読みたくもない、という向きもあるだろう。事実、楕円《だえん》の大卓にはコロー・デルボワ、そして出張から戻ったばかりのビヨー・ヴァレンヌの姿もあった。普通に考えれば、一番に荒らげた声を発しそうなものだったが、この二人にしても音無しは変わらないのだ。

――エベール派はやってしまった。

仮に擁護《ようご》を試みたいと望んでも、そのための言葉など、もはや容易にみつからない。風月十四日に蜂起を宣言し、その後あえなく失敗してなお、いっそう戦意に燃えたからだ。

わけても好戦的な態度を隠さないのが、ヴァンサンだった。マラの後光にあやかろうとする新聞を発刊したのも、ひとつ。コルドリエ・クラブを根城に活動を続け、革命政府と公安委員会を酷評する演説を繰り返し、遂《つい》には王政を倒して自ら独裁者となった十七世紀のイギリス人に準《なぞら》えて、「クロムウェル主義者」と呼ばわる有様なのだ。

陰で圧力をかけると、陸軍大臣ブーショットは折れた。風月二十日あるいは三月十日に書記官長職の解任を通達させたが、それでもヴァンサンは折れなかったのだ。

――手打ちの意志はないということだ。

パリも波立ち始めている。風月十五日の蜂起に呼応したマラ区だけは、有力者数名が革命裁判所に呼びつけられて以来、すっかり大人しくなっていたが、かわりに盛り上がりに欠けた他の街区《セクシオン》が、俄《にわ》かに不穏な空気を孕《はら》むようになったのだ。

街区によっては、すでに議会や市政庁を脅《おど》すような請願を始めている。依怙《いこ》地なヴァンサンとしても、絶体絶命の窮地と認識してはいるらしく、それだけになりふりかまわぬ運動を展開しているのだろう。

エベール派もしくはコルドリエ派全体の動きをいっても、まずロンサンには明らかに同調する動きがあった。エベール自身は鳴りを潜めているのだが、水面下では今なお密謀たくましいとも報告が寄せられている。

パリ自治委員会を味方につける、第一助役ショーメットが駄目ならパリ市長パーシュを「大判事」として一種の独裁官に担《かつ》ぎ上げ、一気に政権を奪取する。かかる絵図において新たな蜂起を決行するのは、早ければ明日明後日《あさって》のうちだとの内報もある。

「ですから、今夜のうちに決めなければなりません」

と、サン・ジュストは言葉を続けた。ええ、明日の国民公会で告発したいと考えています。議会の承認を得られたなら、その日のうちに主要な面々を逮捕します。

「そのために是非とも諸氏の御英断を、今夜のうちに」

重大な決断だ、とロベスピエールは心に呻《うめ》いた。それも求められたのは、久方ぶりの仕事としてなのだ。

デュプレイ屋敷に籠《こも》りきりで、公安委員会にも、国民公会にも、ジャコバン・クラブにさえ出ない日々が、もう一月《ひとつき》も続いていた。仕事に復帰したのは、ようやく今日風月二十二日のことだった。

サン・ジュストはまた別な紙片を取り出した。ここに公安委員会の密偵グラヴィエからの報告があります。エベール派はロベスピエールならびにクートン両氏の病気のことばかり論じているそうです。快気されては一巻の終わりだから、いつまで寝込んでいるかの見極めが重要なのだと、連中はさかんに議論しているようなのですが、ということは、です。

「奴《やつ》らは、ひとの病気につけこもうというわけです」

野の獣と同じです。それは弱肉強食の論理に他なりません。自分が食べることしか頭にないともいえる。裏を返せば社会のためなど、ひとつも考えていない。革命に参加するに値しないということです。そう続けられれば、ロベスピエールは再び、ううむと唸《うな》らざるをえなかった。

「やはり、見逃すことはできないか、サン・ジュスト」

「無理です、ロベスピエールさん。おわかりになられたでしょう、これで。奴らを大目にみるわけにはいきません。奴らは排除するしかないのです」

「…………」

「ロベスピエールさん、あなたは仮病だったからこそ、こうして遅れず対策を取ることができたのです。本当に寝込んでいたら、今頃《いまごろ》は殺されてしまっていますよ」

雨《プリュヴィオーズ》月の末に少し体調を崩したことは事実である。が、それも寝込むほどではなかった。ましてや一月近く休まなければならないほどの重病ではなく、実際のところロベスピエールはデュプレイ屋敷で元気に働いていた。各方面から寄せられる情報を分析して、然《しか》るべき政治判断を下すべく、日々を葛藤《かっとう》と煩悶《はんもん》に費やしていたのだ。

――というのも、ちょっと弱ると、この有様だ。

ロベスピエールは落胆していた。雨月十七日あるいは二月五日に試みた演説、徳と恐怖の政治綱領は、どうやらあまり聞きいれられなかったようだった。徳と恐怖のうちに、こちらが共存を望もうとも、連中は政争をしかけてくるのだ。一丸となって革命を進めなければならないのに、私欲にかられ、権力を渇望し、革命を利用して成り上がり、あまつさえ富と名誉を手にすることしか頭にないのだ。

――無念だ。

かねて強《し》いられた絶望に、また新たな絶望が上塗《うわぬ》りされた。政争は避けなければならない。政治を停滞させてはならない。それはジロンド派と死闘を演じたときからの思いだった。ところが、なのだ。

——精神的な蜂起、道徳的な暴動。

かかる理想は破綻《はたん》した。ひとつには議会の厚顔無恥からだった。

己《おの》が本分をわきまえない議員が多すぎた。テュイルリ宮の論理に終始して、民意を顧みなかった。仮に民意を恐れても、それを尊重する根本の意識に欠けていたのだ。

祖国の危機や、共和国の窒息を認めながら、それでも先行させるのは、保身の論理ばかりだった。社会革命など視野にも入らず、ほんの目の前の問題さえ解決しようと努めない。ただ現状さえ維持できれば、そのうちなんとかなるだろうといわんばかりで、要するに誰のどんな話にも聞く耳を持たなかった。

——それでも政治は動かさなければならない。

幸いにして一滴の血も流れなかった。それでも認めなければならない。ジロンド派を追放したのは、紛《まご》うかたなき暴力だった。人民の訴えに耳を貸して、ジロンド派が自ら辞職したわけでも、その議員辞職を国民公会が自ら決議したわけでもないからだ。大砲に脅され、あるいは議場の完全封鎖に息を詰まらせ、恐怖に震え上がることで、渋々ながら折れたのだ。

見方によれば、人民の勝利といえるかもしれない。民意は達せられたと喜ぶべきかもしれない。

——しかし、議会の権威は失墜《しっつい》した。

議会政治が冒瀆《ぼうとく》された。間接民主制の原理そのものが否定された。そうまでの屈辱と不条理を強いながら、他方の民衆はといえば逸脱を謙虚に反省するどころか、嵩《かさ》にかかって暴走を始めたのだ。

なにかといえば蜂起、なにかといえば実力行使で、これでは、法も秩序もあったものではない。虐殺さえ起こしかねず、しかもそれが罰せられなければ、すでにして無政府状態である。

無自覚ゆえの話であるとはいいながら、社会正義の発想があるでもない。もっともらしい理屈を唱えたとしても、根本は己が欲望の走るままに行動しているにすぎない。

——暴力は、やはり管理しなければならない。

民衆が行使する前に行使して、政府が暴力を独占するべきであるからには、やはり独裁を敷くしかない。もちろん、それが専制主義であってはならない。恐怖政治《テルール》を励行しても、ルイ十六世のごとき暴君を復活させるわけではない。

——求められるべきは徳の政治。

徳なしでは恐怖は有害であり、恐怖なしでは徳は無力である。その理《ことわり》を万人が理解して、正しき独裁を支えていくこと。それしかないはずなのに、またぞろ政争が起きたというのだ。

26――告発の構図

徳の政治の理念を理解したならば、全員が矛《ほこ》を収め、甘んじて独裁を受け入れるべきだった。繰り返すが、政治を停滞させてはならないからだ。内憂外患のフランスには、そんな無駄な時間を費やす余裕はありえないのだ。

――これ以上の愚行に手を染めるなら、今度こそ破滅しかない。

それなら戦争を止《や》めればよい、停戦に持ちこめばよいとの異論もあるが、そのときは共和国が内側から崩壊する。革命は破綻してしまう。単なる戦時体制でなく、革命の基礎を固めるためにも、恐怖政治《テルール》は続行されなければならない。

サン・ジュストの告発文は続けていた。

「誠実な精神は今こそ一《いっ》に団結して揺らぐなと勧告している。五年に及ぶ痛ましい革命の果実を、今こそ人民に与えよと勧告している。また誠実な精神は、革命の敵を根絶せよとも勧告する。しかし、一緒に祖国を痛めつける方法をもってしてまで、敵を責め立てよとは勧めていない。人を殺せる矢をもって、我が子の頭に載せられた林檎《りんご》を撃ち抜いてみせよ。そう強《し》いられたウィルヘルム・テルこそ、内なる敵に立ち向かう我ら人民のイマージュである。今こそ陰謀を、諜報《ちょうほう》を、密謀を、工作を、つまりは邪心を覆い隠す黒布を、皆して剝《は》ぎ取ろうではないか」

なるほど、精神的な蜂起《ほうき》、道徳的な暴動が実現不可能な夢であるなら、指導者の逮捕、裁判、処断という一種の狙《ねら》い撃ちしかないかもしれない。そうした党派の撃滅による政治の浄化こそ、唯一可能な道かもしれない。

「しかし……」

「ロベスピエールさん、この期《ご》に及んで、なにを迷うことがあるのです」

「君の告発文は『外国人の徒党に関して』と題されている。イギリスやオーストリアなど、諸外国の陰謀とも関連づけて告発しようという意図だろうし、それはよい。しかし、告発されるべきフランス人とは誰なのか、はっきり明言するものではないな」

「はい、あえて明言を避けました。もちろん、第一にはエベール派を考えています。けれど、その後には、いえ、ほぼ同時で構わないくらいですが、いずれにせよ、ダントン派も切らなければならないかと」

はっきりと名前を出して、サン・ジュストはたじろがなかった。刹那《せつな》、明らかに部屋の空気が硬直した。

公安委員会の面々が、揃《そろ》って息を呑《の》むのがわかった。が、そうした構え方こそ心外だといわんばかりに、冴《さ》えた美貌《びぼう》の若者は続けるのだ。

「エベール派を切るならば、ダントン派も切らなければならない。これは政治力学の道理でしかありません。ええ、これがこたびの告発の構図なのです」

意味がわからないではなかった。エベール派もしくはコルドリエ派を左とし、ダントン派もしくは寛大《アンダルジャン》派を右としながら、その中央で政権を運営していく。そうした前提に立つならば、左右の力は常に均衡させておかなければならないからだ。

エベール派だけを切り、左だけが軽くなれば、ダントン派の発言力が強まって、右ばかりが重くなる。政治に偏りが出るは必定《ひつじよう》である。

ブルジョワ優遇の政策ばかりが並ぶ。ジロンド派の残党が復権するかもしれない。それどころか、貴族が続々と帰国する。王党派が大きな声で、共和国の取り消しを求め始める。

あるいは風月法《ヴァントーズ》から後は、政界の図式が変わったとみるべきなのかもしれなかった。少なくとも、救貧策の分野、富の再分配の分野、つまるところ平等の理念から社会革命を志向する分野ではそうだ。

政権を握る山岳《モンターニュ》派の中核こそ左であり、エベール派が中道、ダントン派が右であるとするならば、なおのこと双方ともに切らなければならなくなる。中道を切って右を残すという、そんなチグハグな真似《まね》はできないからだ。それこそ政治の右傾化に拍車をかけ、保守反動の道筋をつけるようなものだ。

「………」

エベール派は切らなければならない。また切ることに、ロベスピエールも異存はなかった。食糧問題について短絡的な主張を繰り返すことしかできず、すでに左派たる存在理由をなくしているからだ。ただ私腹を肥やすために官界に幅を利かせ、のみならず安易な蜂起でたびたび社会を混乱させてしまうからには、もはや害悪でしかないのだ。

ああ、切るべきだ。むしろ切りたい。一刻も早く切りたい。しかし、エベール派を切ってしまえば、ダントン派も切らなければならなくなる。ロベスピエールの煩悶《はんもん》は、そこにあった。

ダントン派は確かに右である。その意味では危険であり、実際にジロンド派と内通していた経緯もある。が、他面では筋金入りの愛国者なのだ。

デムーランなくしては一七八九年七月十四日はなかったし、ダントンなくしては一七九二年八月十日はなかった。今日の寛大派なくしては、革命も、共和国もなかったと断言して過言ではない。それほどの愛国者が、よもや危険な一線を越えて右傾化するとは思われないのだ。「寛大」を唱えたからとて、「徳と恐怖」を理解しないとも、まるで賛同しないとも思われないのだ。

「だから、サン・ジュスト、私が思うに、ここは問題ではないか」

再開しながら、ロベスピエールは告発文を指差した。示された箇所を覗《のぞ》きこんで、サン・ジュストは読み上げた。ええと、犯罪者や外国人の徒党を救おうと、寛大な一派が声を大きくしている。それは自らの素顔を隠さずにはいられないからであり、なんら寛大なのではない。それどころか、結果的には人民の守り手を厳しく責め立てている。

「と、これのどこが問題なのです、ロベスピエールさん」

「明らかにダントン派を指している。が、ダントン派は現段階で、『人民の守り手』つまりは我々を責めていると、そう断定できるほどの反意を明らかにしたわけではないだろう」

質《ただ》されたサン・ジュストは、答えるかわりに踵《きびす》を返した。自分の席に急ぐと、また別な紙挟みを抱えて戻ってきた。新たに取り出された紙片は新聞のようだった。

「やはり委員会の密偵が極秘に入手したものです。印刷されたばかりで、まだ折られてもいません。もちろん、市販もされていません」

いいながら、ロベスピエールの手元にも滑らせてよこす。

「『コルドリエ街《ル・ヴュー・コルドリエ》の古株』、その第七号です」

「カミーユの……。どうして……」

「ロベスピエールさん、あなたの勧告は無視されたということです。罪は問わない、ただ新聞を燃やしてくれればいいと、それこそ寛大な注意に留《と》めたにもかかわらず、素直に従うどころか、デムーランさんは新たに書いてしまったのです」

「…………」

「あなたが病気で動けないと思うや、こうなのです、ダントン派も」

「しかし、反意が示されているかどうかは、内容を吟味してみなければ……」

「このようなフランス人の自由は、はたして嫉妬《しっと》されるだろうか」

遮《さえぎ》りながら、サン・ジュストは再びの読み上げだった。大司祭エベールならびに大司祭モモロと、その一派の神官たちは、その神殿は建つか否《いな》かと、あえて問いかけている。それは血脈から歪《ゆが》んだ女神だ。それをフランス人は愛することができるというのか。三百万市民の骸骨《がいこつ》でなる血塗《ちまみ》れの神殿に、ジャコバン派、自治委員会、あるいはコルドリエ派と絶えず祈りを捧げなければならないのなら、まるでメキシコではないか。かつてスペイン人の神父は、アステカ皇帝モンテスマにいったそうだ。

「それでは神々は渇く、と」

「神々は渇く、か」

ロベスピエールは静かに引きとった。相変わらず上手だな、カミーユは。そう苦笑で片づけようと努力したが、頬《ほお》が引き攣《つ》り容易に笑みにならなかった。

27――電撃

「共和国の現況は、どのようなものでしょうか」

きんと鋭く声が響いた。芽月《ジェルミナール》一日あるいは三月二十一日の夕《ゆうべ》、ジャコバン・クラブの集会場を席捲《せっけん》するのは、マクシミリヤン・ロベスピエールの演説だった。

「我々の共和国は、着飾る王党派や貴族どもと、エベールとその共犯者たちが煽動《せんどう》してきた徒党の狭間《はざま》に置かれています。そのうち、王党派は裏切り者の懲罰を望みません。プロリの方法で愛国者を任じた者は、貴族どもを攻撃するにはするのですが、一緒に愛国者もいなくなるよう望んでいます。皆が滅びた後に自分が支配を行うためです。ええ、危ういところだったのです。我々が敵をたじろがせ、打ちのめす力があるところを誇示しなければ、愛国者はすんでに被害者になりかけていたのです」

小柄な体軀《たいく》が、いつになく大きくみえた。演説に熱が入るほど、ぶんぶん大きく腕を振るせいなのかもしれなかったが、それとしても指先からして溢《あふ》れんばかりの活力に満ちている。

——とても病み上がりとは思われない。

デムーランは嘆息した。一月《ひとつき》近く寝台に臥《ふ》していて、風月《ヴァントーズ》二十三日あるいは三月十三日に国民公会《コンヴァンシオン》に出てから八日、公安委員会に出ていたという風月二十二日から数えても、まだ九日にしかならない。常識で考えれば、まだフラフラしていそうなものだ。無理に自分をけしかけても、本調子でないことは、顔色の悪さであるとか、声の弱さであるとかに、必ずや表れるはずなのだ。

それが微塵《みじん》も感じられないどころか、ロベスピエールには鬼気迫る感さえあった。実際のところ、ロベスピエールの復帰で全てが動いた。それも一気に動き出した。

風月二十三日の議会に提出されるや、サン・ジュストの告発状は可決された。すぐさま革命裁判所に陰謀の調査と訴追の命令が発せられて、近く大きな捕り物が行われると噂《うわさ》されたが、それがパリ中に広まるまでの猶予もなかった。

エベール、モモロ、ヴァンサン、ロンサンら、コルドリエ派の指導者が逮捕されたのは、当のその日の夜から翌風月二十四日あるいは三月十四日にかけた深夜のうちだった。

——大事件だ。

なんといっても、一時は国政を随意に動かした勢力である。『デュシェーヌ親爺《おやじ》』ひとつとっても、その「くそったれ調」で一世を風靡《ふうび》した新聞だ。なくてはならないパリの顔であり、サン・キュロットの救世主であるはずの面々が、プロリら外国人と一緒になって、なにやら陰謀を巡らせていたとかで、根こそぎ逮捕されてしまったのだ。

それでもパリは平静を保った。同じ風月二十四日あるいは三月十四日、ロベール・ランデが国民公会で明らかにした公安委員会発表のほうが、よほど話題になったくらいだ。曰《いわ》く、パリにおける食糧供給を円滑にするために、国民公会はパリ自治委員会に対して、二百万リーヴルの拠出を決めたと。

パリは騒がず、したがって、エベール派も救われなかった。その運命が革命裁判所の手に委《ゆだ》ねられる段になっても、かのマラが法廷に出されたときのような騒ぎはなかった。

実をいえば、今日芽月一日がその初公判だった。

裁判長デュマ、判事がフーコー、スブレイラ、ブラヴェ、マソンの四人、訴追検事がフーキエ・タンヴィル、陪審員がトランシャール、ルノーダン、ドゥボワゾー、ラポルト、ゴーティエ、ディ・オー、リュミエール、ガネイ、フォーヴェティ、ディディエ、トレイ、トピノ・ルブラン、グラヴィエの十三人という陣容で、シテ島の裁判所で幕を開けた公判は、いつもながらの重々しい雰囲気だった。

開廷の日を迎えるまでに、エベール、モモロ、ヴァンサン、ロンサンの最初の四人に加えて、陸軍省の職員アルマン・ユベール・ルクレールとジャン・シャルル・ブルジョワ、同じく健康科の嘱託医《しょくたくい》ラブロー、ロンサンの部下だったマズエルとアンカール、食糧の買い占め検査員をしていたデュクロケとデコンブと、エベール派もしくはコルドリエ派からの逮捕者は増えていた。

告発状が「外国人の徒党に関して」と題されたように、一緒に法廷に引き出されたのが、ベルギーの銀行家プロリはじめ、世界市民を唱道してきたプロイセン貴族クローツ、しばしばエベールをパッシーの屋敷に招いていたオランダの銀行家コック、さらにデフィウ、ペレイラといった外国人たちだった。

デュムーリエ将軍の副官ラウムールや、裏切りを疑われて処刑された将軍の未亡人カトリーヌ・ケティノーとなると、これは意味がわからなかった。いや、ともに陰謀を巡らしたと告発されていれば、エベール派はジロンド派や王党派とも気脈を通じていたようにも受け止められた。

――意図的な人選であるとすれば、かなり意地が悪い。

打ちのめされたか、エベール派の面々、わけてもエベール本人が異様なくらい静かだった。

ジロンド派を裁いたとき、あるいはマリー・アントワネットを裁いたとき、その同じ法廷であれほど傍若無人に騒いだ男だとは思われない、もしや演技なのではないかと疑わせる豹変《ひょうへん》ぶりで、目が泳ぎ、声も小さく、おどおどした風さえあり、傍聴席でみているうちに、なんだか可哀相《かわいそう》な気がしてきたほどだった。

　裁判は淡々と進められた。「フランス人民の自由と国民の代表に対して企《くわだ》てられた陰謀」を調べながら、もう初日で証人喚問まで進んでいた。あと二回か三回の公判で結審だろうとの予想もある。

　――そうしたエベール派の運命は……。

　他人事《ひとごと》ではなかった。デムーランは渇いた喉《のど》に、無理にも唾《つば》を呑《の》みこんだ。

　ロベスピエールは演説を続けていた。

「外国人は穏健な徒党をも雇い入れ、我々の狭間に放っています。度を越した愛国者の仮面の下で、愛国者たちの喉を裂こうと望むような、明らかに不実な輩《やから》だけではないのです。勝ちを収めてくれるなら、外国人たちにとっては、どちらでも変わりないというわけです。それがエベールであれば、国民公会は転覆させられ、愛国者は虐殺され、フランスは混沌《こんとん》に叩《たた》きこまれ、その結果に暴君どもは大喜びします。それが穏健派であれば、国民公会は力を失い、貴族の犯罪は罰せられなくなり、これまた暴君どもの勝利は同じです。外国人としては、いずれに肩入れすることなく、全ての党派を守ります。とすると、エベールとエベール派が処刑台で裏切りの報いを受け、その後に、共和国を廃《すた》らせ、裏切り者と暴君どもを相手に不断に戦ってきた有志の喉を裂かんとしてきた他方の悪人どもまでが、やむなく続くところを目《ま》のあたりにするならば、奴《やっ》らはどれほど大きな衝撃を受けることか」

満場の拍手が湧《わ》いていた。興奮のあまり手の叩かれ方が激しく、ロベスピエールは何度か中断しなければならなかった。

デムーランとしては、いよいよ生きた心地もしなかった。その熱狂を俄《にわ》かに怒りに変えながら、聴衆は今にも自分に襲いかかってくるのではないかと恐れたからだ。あながち臆病《おくびょう》な妄想とも片づけられなければ、ジャコバン・クラブに足を運んだことを悔いたくらいだ。

――すでに矛《ほこ》はダントン派にも向けられている。

その未明にエベールたちが逮捕された風月二十四日、デムーランは公安委員会の配下に印刷所を襲われていた。押収されたのは『コルドリエ街《ル・ヴュー・コルドリエ》の古株』、刷り上げたばかりの最新第七号だった。

風月二十六日あるいは三月十六日の国民公会では、保安委員会のアマールが東インド会社絡みの横領事件について最終報告を行い、ドゥローネイ、トゥールーズ、シャボ、バズィール、なかんずくファーブル・デグランティーヌを有罪と宣告した。

――今度は、いつ、どんな電撃が走るのか。

ダントン派の一斉逮捕も、すでにして時間の問題だといわれていた。が、そんなことって、あるのか。なにも悪いことはしていないのに、革命裁判所に送られるなんて……。いや、多少の不正を働いた者もいるかもしれないが、それにしても殺されるほどの大罪ではないだろうに……。

デムーランは全て勘違いだと思いたかった。被害妄想がすぎると、自分を笑いたかった。そんなのは杞憂《きゆう》にすぎないと、安心させてもらえるかもしれない。ジャコバン・クラブに足を運んで、ロベスピエールの演説を聞いたのも、そういう期待からだった。

「しかし、諸君らはみたはずです。諸君らを飢《う》えさせ、奴隷の身に落とさんと、恐ろしい計画を思いついたラ・ファイエットを。さらにペティオンを。そしてデュムーリエを。これらの怪物たちは倒れました。ところが、その後にも同じような陰謀を実行しようと、新しい党派が立ち上がったのです。全ての党派に電撃を浴びせかける瞬間を先延べするなら先延べするほど、同じく邪《よこしま》な目的を抱《いだ》きながら、また別な徒党が現れるだけなのです。結局のところ、全てを人民の意思に、つまりは一般意思にかなうように運ばなければなりません。革命の歩みを止めるために集う者は、法の墓に倒れるしかないのです。自由に対する陰謀を巡らす全ての輩、ブリソの後継者どもが同じ非道に手を染めれば、より大きな不幸に見舞われることになります。軍隊にまで詐欺師が潜りこむからです。公職にある者までが、かつてジロンド派に与《くみ》したように、新たな輩にも与してしまうのです。そうなったら、今日の平和は束《つか》の間《ま》の気休めにすぎなくなる。軍隊は敗退してしまいます。のみならず、突撃してきた敵兵の手によって、我々の妻が、子が、その喉を裂かれてしまい……」

28——会おう

デムーランはジャコバン・クラブを後にした。

グレゴリウス暦ではまだ三月だけに、もう辺りは暗くなっていた。とはいえ、時刻としては、そんなに遅いわけではなかった。春も遠くない証拠に、そんなに寒いわけでもない。

パリ有数の目抜き通りであれば、サン・トノレ通りには人や物の往来が残っていた。一緒に押し流されるようにして東に向かい、シャトレ塔まで進むと、そのままセーヌ河も渡りかけた。が、デムーランは両替屋橋《シャンジュ》の袂《たもと》で思い留《とど》まり、足を止めた。

家に帰る気にはなれなかった。帰れば、妻が迎えてくれる。幼い息子だって、まだ起きている時間だ。が、この愛する家族にどんな顔を向ければよいのか、まるで思いつかないデムーランは今さらに途方にくれたのだ。ああ、このまま帰るわけにはいかない。このまま逃げるわけにはいかない。なんとかしなくてはならない。

といって、なにを、どうしたらよいのか、それも皆目わからなかった。

——マクシムに会おう。

デムーランの思いつきは、それだけだった。しかし、ロベスピエールに会ってどうするのか。弁明を試みるのだとして、なんの弁明を、どう試みるのか。怒りをぶつけるのだとして、なんの怒りを、どうぶつけるのか。

サン・トノレ通りに引き返す道々で、言葉なら山ほど浮かんだ。『コルドリエ街の古株』の第七号は、エベール派の批判であったとしても、公安委員会の批判ではない。いや、公安委員会を批判したとして、なにが悪い。公《おおやけ》にされる前に押収するなんて、かつての卑劣な暴君さながらじゃないか。くしくも第七号に書いたように、僕は「出版の自由が存在しないような共和国を、どうやって認めればよいのかわからない」よ。約束を破ったというかもしれないが、そもそも僕は自分の新聞を焼くと約束した覚えはない。いや、ジャコバン・クラブからの追放処分が取り消されたことは、ありがたく思っているけど、それとこれとは別な話だ。「徳と恐怖」の理屈はわからないじゃないけれど、寛大な精神だって徳の一種じゃないか。だいいち、僕の義父のような人間が逮捕されるなんて、もう常軌を逸しているよ。もうひとついわせてもらえば、戦争を終わらせることが、革命を後退させることと同義だとは思わないぞ。それが陰謀だとするなら、愛国者のかなりの部分が祖国の敵ということになる。いや、マクシム、君の理想もわからないではないけれど、サン・ジュストみたいな無謀な若造に、うまく乗せられている気味もあるんじゃないか。

「…………」

猛烈な勢いで、それこそ次から次と浮かんできたが、だからこそ頭のなかが混乱して、どこから、どれを、どう話せばよいのか、ますますわからなくなるばかりだった。

それでもデムーランは立ち止まらなかったのだ。ロベスピエールには、とにかく会わなければならない、会わなければ全て終わりだという思いだけは、我ながら解《げ》せないくらいに固かった。

ジャコバン・クラブまで戻ると、僧院の前庭に大勢の人間が溢《あふ》れていた。まだ興奮覚めやらず、あれやこれや論じ合う塊《かたまり》もいくつかできていた。声も大きく、まだまだいなくならないかと思いきや、そこから別れて、ひとり、またひとりと家路につく者も出始めたという風である。

ロベスピエールの演説も締め括《くく》られたようだった。逆に建物のなかに進むと、デムーランは図書館跡の集会場まで戻った。片づけをしていた何人かに尋ねると、ロベスピエール自身も引き揚げたということだった。

とすれば、生真面目《きまじめ》な男である。最近は紐《ひも》をつけられ、それを手繰《たぐ》られでもしているのかと思うくらいで、どこか寄り道するとは考えられなかった。

デムーランは次なる訪ね先を迷わなかった。デュプレイ屋敷の扉を叩《たた》くと、出てきたのはエレオノール・デュプレイだった。

ロベスピエールと結婚するんじゃないかと噂《うわさ》されるデュプレイ家の長女で、控え目ながらも、しっかり者といった感じがある。少し口が大きいけれど、唇に厚みがあるので、かえって女らしい魅力になっている。相手となる男の顔の小作りを補うようでもあり、なるほど、けっこう似合いの相手なのかもしれなかった。

デムーランが訪ねたときも、最初は嫌みのない笑顔で迎えてくれた。ジャコバン・クラブが引けてから、山岳《モンターニュ》派の仲間が流れてくることも、また珍しくないのだろう。ロベスピエールさんの同志であられるなら、どうぞ、どうぞという感じだったのだが、その表情が一変した。

「デムーランさん、でございますね」

少々お待ちください。そういって扉を閉めると、いったん奥に引き揚げた。恐らくはロベスピエール本人に確認を取るのだろう。

なるほど、エベール派が裁判にかけられるところまで来た今や、専《もっぱ》らの焦点はダントン派もしくは寛大《アンダルジャン》派である。ファーブル・デグランティーヌは逮捕され、有罪の宣告まで受けた。となれば、もうカミーユ・デムーランはジョルジュ・ジャック・ダントンの次に名前が挙がる存在なのだ。新聞の最新号を問題視されて、半ば告発されているも同然の存在なのだ。

——それでもマクシムとは二十年来の友だ。

エレオノール・デュプレイの戸惑いは当然として、またデムーランの自信も揺るがなかった。うまく話せるか、わからない。話して、報われるものかも覚束ない。それでも話だけはできるのだ。マクシムとは伊達《だて》に長いわけではないのだ。

五分も待たされたろうか、戸口に現れたのは、今度はモーリス・デュプレイだった。ああ、門番殿が直々《じきじき》に御許《おゆる》しくださるというわけですか。なにを告げられるでもないうちに、デムーランは動きかけた。が、それをデュプレイ氏は無礼なくらいの慌て方で、強く押し返そうとした。

「お引き取りください、デムーランさん」

「なんですって」

聞き返す間にも、デムーランはカッとなった。いえね、デュプレイさん。こういうことはこれまでにもあったし、そのたび僕は不快感をお伝えしてきたはずですよ。下宿の主人がどれだけ偉いか知りませんが、あなたに面会を断る資格なんてありません。ええ、なんの権利があって、下宿人の交友を縛るというんです。

「僕はマクシムに話があるんだ。そうマクシムに伝えて……」

「ロベスピエールさんは、お会いになりません」

「だから、それを、どうしてあなたが決める……」

「ロベスピエールさんが決めたことです。ロベスピエールさんがお会いにならないと仰《おつしや》るのです」

「どうして」

「さあ」

「しかし、そんなはずは……」

「ロベスピエールさんの理由となると、それこそ下宿の主人ごときには知れません」

そこまで突きつけてから、デュプレイ氏の声が変わった。ああ、フィリップ・フランソワ、さあ、入れ、入れ。デムーランが振り返ると、すんでに気弱にみえるくらいに優しげな顔と鉢合わせた。やってきたのは山岳派の新進議員で、保安委員としても働いているルバだった。

「マクシムの許しもないのに、どうしてルバは入れるんだ」

「これは、うちの娘婿なもので」

そうだった。ルバはエレオノールの妹の、エリザベートと結婚していた。しかし、そうするとデュプレイ屋敷には、もう家族しか入れないとでもいうのか。眼前に突き立てられた扉の木目を、デムーランは茫然《ぼうぜん》とみつめることしかできなかった。

29――呑気

ダントンを訪ねたのは、妻に勧められたからだった。

仕方なく帰宅するや、デムーランは顚末《てんまつ》をリュシルに話した。ジャコバン・クラブの演説はひどかった。その後にロベスピエールを訪ねたが、会ってももらえなかった。出来事を打ち明けているうちに、もう平静でいられなくなった。

「もう終わりだ。もう僕は終わりなんだ」

そう声を張り上げて、寝ていた息子を起こしてしまった。オラースにまで火がついたように泣き出されて、ほとほと参ったリュシルは切り返したのだ。

「ダントンさんは、なんて」

「やばいとは、いっている」

「だったら、ダントンさんのことですもの、なにも考えていないはずがないわ。もしかすると、もう動き出しているのではなくて」

「それは聞いていないけれど……」

「それなら、なおのことダントンさんと話さなくちゃあ。わたしはロベスピエールさんが本気だとは思わないけど、もし本気なのだとしたら、カミーユ、あなたひとりで焦っていても、かえって足並を乱すだけじゃなくて。寛大派《アンダルジャン》として、きちんと対策を練らなければならないのじゃなくて」

もっともな話だった。そう認めて、いくらか冷静さを取り戻すと、リュシルに申し訳ない気分で一杯になった。

議会だ、クラブだと日がな飛び回られたあげく、ようやく帰ってきたと思えば、夜中に大きな声を出して狼狽《ろうばい》されて、寝かせたばかりの子供まで起こされて。しかも全ての原因は、政治の理想だの、革命家の使命だのと唱えながら、家族のために自重ひとつできない亭主の勝手にあるというのだ。

輪をかけてリュシルに申し訳なく思うのは、どれだけ勝手な亭主でも、亭主であり、子供の父親であるかぎり、もう終わりだ、すでに多くが殺されている、少なくとも逮捕されて、革命裁判所に送られると訴えられれば、簡単に無視するわけにもいかないからだった。

――僕だけの問題じゃない。

家族のためにも、この窮地は必ず脱しなければならない。そう自覚を強くしたなら、ダントンには是が非でも会わなければならなかった。

頼りになるというだけではない。革命家としても同志だが、男としても同志だからだ。ああ、ダントンも家族持ちだ。男の子ばかり、子供が二人もいるのだ。

「いや、もうじき三人さ」

と、ダントンは教えてくれた。新しい女房がな、実は腹ぼてになっていてな。今は大切な時期だから、ぐっすり寝かしてやりてえってわけだ。

訪ねてみると、ダントンは断らなかった。ただ自分も声を殺しながら、なるたけ静かにしてほしいと頼んできた。女房も、二人の子供も、とっくに寝ている。いや、後妻のルイズ・ジュリが妊娠しているからには、もうじき三人になる。そう明かしながら、手招きで書斎兼事務所にしている別室に、デムーランを導いてくれたのだ。

豪放磊落《ごうほうらいらく》で知られた巨漢の、思いがけずも細やかな心遣いにあてられてか、今度のデムーランはエベール派の裁判のこと、ジャコバン・クラブの演説のこと、デュプレイ屋敷を訪ねて断られたこと等々を、割と冷静に話すことができた。

「へえ、そんなことになってたか」

銀色の道具を重ね、しゅうしゅうと音を立て、手ずから珈琲《コーヒー》を淹《い》れながら、ダントンはといえば、なんだか興味なさげだった。ただの気のせいなのか。いや、妻子の睡眠を妨げられることには、あれほど神経質になる男が、のみならず三人目は女の子を期待している、まあ、男の子も可愛《かわい》いには違いないがと俄《にわ》かに相好《そうごう》まで崩す男が、こと政治の話となると、とたんに上《うわ》の空な風が否《いな》めなくなってしまう。

――またか。

デムーランは少しだけ苛々《いらいら》した。

前妻に死なれて、ダントンが再婚したのは去年の六月である。それからしばらくも、気が抜けたようになった。もしや幼な妻ルイズ・ジュリに魂を抜かれたのじゃないだろうなとからかわれても、にやにや笑いで否定しようともしなかった。かたわらで、政治が上の空になったのだ。

エベール派があれだけ台頭できたのも、ことによると、恐怖政治《テルール》が成立してしまったのも、部分的にはダントンの責任という面がある。

口を開ければ、デムーランは抗議するかの調子になった。

「まさか知らなかったのかい」

「知らないっていえば、今日の出来事は知らなかった。日がな家にいたからな」

「呑気《のんき》だな、君も。いいかい、ダントン、僕たちはもう終わりかもしれないんだぞ」

「確かに、じき終わりそうだな」

「えっ、そうなのかい」

「ああ、終わるだろう、この革命も」

「…………」

「ロベスピエール先生が独裁を敷いて、徳の政治でフランスを正しく治めて、この路線が軌道に乗れば、そのうち恐怖政治も終わりになって」

ダントンは穏やかな表情だった。いや、穏やかを通り越して、やはり呑気にみえた。迫力満点の醜面が、こうなると鈍感な間抜け面《づら》にしかみえなくなる。デムーランは胸奥《きょうおう》の苛々がぐんぐん育つのを感じた。いや、まて。まずは話そう。きちんと話そう。

「そうかな。いや、そうだとしても、それでいいのか、ダントン、君は」

「どういう意味だよ」

「マクシムが独裁を敷くんだぞ。エベール派が逮捕されて、次は僕ら寛大派の番かもしれないんだぞ。ジロンド派よろしく追放されるかもしれないとは、君が洩《も》らした危惧《きぐ》じゃないか」

「ああ、追放ってえか、引退ってえか、確かに俺《おれ》たちの出番はなくなるだろう。けど、それでフランスが治まるならいいじゃねえか。俺が革命も終わるだろうっていうのは、エベール派の逮捕でその目処《めど》がついたからさ」

「目処がついたって……。いいのかい、殺されても」

「エベールたちが？」

「僕たちもだよ」

「まさか」

ダントンは大きく目を見開いて、本当に驚いた顔だった。デムーランはいよいよ腹が立ってきた。まったく本当に呑気だな、君は。

「今日はともかく、マクシムが復帰してからの演説を、君だって一度くらいは聞いたろう。党派という党派は許さないって、これだけ何度も明言しているんだぞ」

「そりゃ、聞いてる。実際、ロベスピエール先生は許す気がねえだろう」

「それだったら……」

「それだからって、殺されるとは限るまい」

「……………」

「徒党を組まなきゃいいんだよ。公安委員会に全て任せりゃいいんだよ」

「任せられるもんか。恐怖政治は人が死にすぎるって、ダントン、それは君も……」

「しぃぃぃ」

ダントンは分厚い唇の前、ちょうど縦に走る傷跡に重なるように指を立てた。

こちらの声が、知らず大きくなっていたらしい。奥さんや子供を起こさないでくれというのだ。察しないではなかったが、申し訳ないとは思えなかった。はああと大きく息を吐いてみせながら、デムーランは本当に頭を抱えた。

「ダントン、本当に君って男は、いよいよ見下げた……」

「密偵が聞いているかもしれねえ」

低く殺した声ながら、しっかりと耳に届いた。

30――引退

　びくと痙攣《けいれん》しながら、デムーランは顔を上げた。ダントンはゆっくり頷《うなず》いてみせた。

ああ、公安委員会の密偵だ。うちの周りには、いつだって何人か詰めている。カミーユ、おまえの家にだって、張りついているはずだぜ。

「そんな……」

「信じられねえか」

「いや、信じる。うん、信じるよ。ああ、君のいう通りだろう」

　急に息が苦しくなった。いったん大きく深呼吸してから、デムーランは再開した。もちろん、低く低く声を殺しながら、だ。

「ということは、ダントン、さっきからの君は、全て演技だったというわけかい」

「ん、なんだ。ああ、いや、まるきり演技ってわけじゃねえ。マクシムがエベール派を殺すかもしれねえ。俺《おれ》たちまで殺すかもしれねえ。その可能性は確かに認める。が、だからこそ、そうならないように努力するのさ」

「つまりは戦うというわけか。いよいよ議会を動かすというわけか」

「なんだ、それ」

「だって、大衆の動員は難しいよ。エベールの煽動《せんどう》にも応じなかったくらいなんだ。風月法《ヴァントーズ》からってもの、公安委員会のいいなりの感さえある。しかし、議会ならなんとかなる。僕らでも、動かせる。僕らも多数派じゃないが、山岳派《モンターニュ》そのものだって多数派じゃないからね。勝負は多数派をなしている平原派《プレーヌ》を、どちらがどれだけ多く味方にできるかだよ。それなら、ダントン、君の人脈が……」

ダントンは冷やかすような薄笑いで、ゆっくりと首を振った。駄目だ、駄目だよ、カミーユ、そんなんじゃあ。

「どうして」

「多数派を味方につけて、どうしようってんだ」

「議会の過半数を得たところで、そんな決議は大砲の一発で粉々だといいたいのかい。もちろん、その危険は大いにある。国民衛兵隊の司令官アンリオは、すっかりロベスピエール党だから、あいつをどう抑えるかが最大の鍵《かぎ》だよ。けれど、武力という意味では、ひとつ盲点があると思うんだ」

「なんだよ、盲点て」

「ロンサンの革命軍だよ」

「エベール派のロンサンのことか」

デムーランは頷いた。ああ、ロンサンは革命軍の指揮官だった。それが逮捕されて、今は主がいないような状態なんだ。そこに誘いをかけるのさ。指揮官を取り戻したくないかって、手持ち無沙汰《ぶさた》の連中を煽《あお》るのさ。

「所詮《しょせん》は食糧徴発隊だけど、ただ革命軍には大砲があるんだよ。それを引かせて、議会を守らせるなら、アンリオだって軽々《けいけい》には動けなくなる」

「よく考えてんなあ、カミーユ、おまえ」

そう他人事のように引きとり、やはりダントンは呑気《のんき》だった。デムーランは再び、カチンと来た。

「考えるさ。そりゃ、必死になって考えるさ。それをからかうなんて、君は……」

「しいぃぃぃぃ」

ダントンは再び唇に指を立て、それから低めた声だった。いや、カミーユ、からかったわけじゃねえ。それでも、俺にいわせれば、全て無駄だ。

「どうして全て無駄なんだ」

「だって、そうだろ。ロンサンの革命軍でアンリオを抑える。議会の議決をもって、公安委員会の解散なり、ロベスピエール党の議員辞職なりを求める。んでもって、最終的にはマクシムを殺すのか」

「こ、殺すとはいわない。ああ、そうはいわない。ただ政界を後にしてもらうことくらいは、考えていいと思う」

「つまりは追放だな。ジロンド派のように追放するわけだな。けど、カミーユ、思い出してみな。追放されたジロンド派はどうなったよ。最後は殺されたじゃねえか」

「それは地方で反乱を企《くわだ》てたりしたから……、マラ暗殺の一件もあったし……、つまりジロンド派には反省がなかったわけで……」

「マクシムは反省するだろうか。あの潔癖な理想家肌が、自分の誤りを認めて、ごめんなさいと俺たちに謝罪するとでも思うのか。えっ、どうなんだ、カミーユ」

「それは、ああ、僕も思わないけど……」

「だったら、とことんまで行かずには済まないだろう。あいつを殺さないでは、終われないだろう」

「…………」

「俺はマクシムを殺したくねえ」

誰も殺したくねえ。そうダントンに結ばれれば、さらに続けて、同じ話を突きつめるわけにはいかなかった。自分も同じだったからだ。議会工作だの、武力の後ろ盾だの、それこそ「よく考えた」ところで、ひとりでは計画にも移せなかったのは、最悪の事態を覚悟できなかったからなのだ。

——ダントンが命令してくれるなら、なんて虫がよすぎた。

デムーランは思い知った。けど、それじゃあ、どうすればいいんだ。そう問いを改めたとき、ダントンは淹《い》れたての珈琲《コーヒー》にカルヴァドスを注いでいた。カミーユ、とりあえず飲んでみな、いくらか気持ちが落ち着くぜ。

デムーランは杯をつまんで、一口だけ啜《すす》ってみた。鼻に突き抜けていったのは、珈琲の香りよりも強い酒の匂《にお》いだった。同じものをダントンは、一気に逆さに干してしまい、それから続けた。

「で、本題に戻るわけだが、だからこそ、さっき俺がいった通りさ。うまいこと撤退するのさ」

「それって、まさか……」

「本気も本気さ」

「しかし、そんなことできると思うのか、ダントン」

「ううん、なんとかなるんじゃねえかなあ」

「全体、なんの根拠があって……」

「マクシムに会ってきた」

「……………」

「どうした、カミーユ」

「僕は断られたのに……」

「デュプレイ屋敷なんかに行くからさ。俺はレニュロに仲介を頼んだ。マレ地区の屋敷に場所も借りた」

「ああ、あのレニュロの……」

ジョゼフ・フランソワ・レニュロはパリ選出の議員で、国民公会《コンヴァンシオン》では山岳派に属していた。が、面々のなかでは世馴《よな》れた部類で、ダントンは普段から親しくしていたようだった。ロベスピエールを向こうに置けば、共通の友人ということになり、なるほど仲介を頼むなら理想的といえる。

「それで」

と、デムーランは先の話を促した。ひとつ頷くと、ダントンは構えず明かした。

「東インド会社のことなら俺は全く関係ねえぜと、念を入れて、それこそ、くどいくらいに何度も断りを入れてきた」

「あれはファーブル・デグランティーヌたちの事件だ。君が関係しているなんて、誰もいってないじゃないか。そりゃあ疑う向きも確かにあるが、告発もされていない段階で弁明するような話じゃない」

「だからさ」

「…………」

「その程度のことを気にして、正気をなくしてしまうくらいの小物だと思われれば、それこそ狙《ねら》い通りなわけさ」

「しかし、それじゃあ……」

「全面降伏したことになる。ああ、そうさ、俺はマクシムの面前で完敗を認めてきたのさ。そのかわり、女房子供と一緒に無事に引退させてくれってな」

31――快男児

「本気なのかい」

「本気だ、いうまでもねえ。現に一度はシャンパーニュに引いたじゃねえか」

「去年の十月のことなら、あれは、なんていうか、単に間《ま》を取っただけなんじゃないのか。ジロンド派を追放されて、ジロンド派を救おうとしていた君としては、いったんパリの政界を引いて、郷里から捲土重来《けんどちょうらい》の機を窺《うかが》っていたという」

「そんな上等な話じゃねえ。ジロンド派の一件をいうなら、あいつらの石頭にも呆《あき》れたし、大衆の野放図さには絶望したんだ。マラが殺されたこともあって、ほとほと政治に嫌気が差してな。あのときは本当に引退しようと思ってたんだ」

「けれど、君はパリに戻ってきた」

「エベール派が増長したからさ。このままじゃあ、フランスは終わっちまうと感じたからさ。でなかったら、あのままシャンパーニュで引退生活に入ってた。そのエベール派が逮捕されたってんなら、もうパリにいる必要はねえ。政治なんてやる意味がねえ。マクシムがやりたいってんなら、しゃしゃり出るつもりもねえ。ああ、今度こそ家族と一緒に田舎《いなか》で暮らすよ」

「それが全面降伏という意味かい。マクシムにも、そう話したというわけかい」

ダントンは頷《うなず》いた。だいたい、そんなようなところだ。

デムーランは当座、ただ唸《うな》ることしかできなかった。

なるほど、エベール派が切られれば、残されたダントン派の発言力が大きくなる。それを嫌うからこそ、公安委員会は寛大《アンダルジャン》派も切るのだと、それが専《もっぱ》らの見方である。が、ダントンが田舎に引いたら、どうか。自ら政治生命を断ち、その意味で死人同然になれば、どうか。事実上、公安委員会に対抗する党派がなくなれば、どうか。

――マクシムも強《し》いては追わないかもしれない。

ダントンは救われるかもしれない。ダントン派を切らなくて済むのなら、他方のエベール派だって厳罰を加えられずに済むかもしれない。

卓見というべきだった。が、なおデムーランは釈然としなかった。

「けれど、それでいいのかい、ダントン、君は」

「どういう意味だ」

「尻尾《しっぽ》を巻いて逃げることになるんだぞ」

「なにが悪い。家族と静かに暮らせるなら、俺《おれ》はもっと無様《ぶざま》な命乞《いのちご》いだってするぜ」

静かな印象は変わらなかった。が、このときのダントンは穏やかでも、呑気《のんき》でもなかった。昂《たかぶ》るわけではないけれど、迷いといえば微塵《みじん》もなく、強い決意を自《おの》ずと感じさせたほどだった。

——男子たるもの……。

こうあるべきなのかもしれないと、デムーランとて思わないわけではなかった。自分にも同じく妻子がいるからだ。家族と静かに暮らしたいと思う気持ちは、ダントンに遅れるものではないからだ。しかし、なのだ。

「君はいいさ、そうして、ひとりで助かって」

「なに」

ダントンの顔つきが変わった。デムーランは構わず畳みかけた。だって、そうだろ。少なくとも今のところは、なにも告発されていない。だから、うまくいったんだ。

「僕の立場にもなってみろ。僕はマクシムに会ってもらえなかったんだぞ。敗北さえ容《い》れてもらえなかったんだぞ。なるほど、有害な人間だからな。『コルドリエ街の古株《ル・ヴユー・コルドリエ》』の第七号は内容が好ましくないとして、全て押収されたほどだからな」

「そいつは……」

「ファーブル・デグランティーヌだって、どうなる。牢獄《ろうごく》に入れられて、東インド会社の清算で罪ありとされて、同じようにマクシムに疎《うと》んじられて、そりゃあ自業自得の面もないじゃないけれど、とにかく今から全面降伏の意なんか伝えても、どうしようもないんだ」

「そりゃあ……」

「見捨てるのかい、ダントン、君は僕たちを」

「………」

「自分だけ助かれば、仲間はどうだっていいのか」

「そうはいわねえ。ああ、そうは……」

「なるほど、もう徒党は組まないんだものな。たちまち公安委員会に睨《にら》まれてしまうものな。仲間と呼べる人間なんか、金輪際《こんりんざい》いちゃいけないんだからな」

我ながら拗《す》ね子のようだと、デムーランも思わないではなかった。拗ね子でなければ、駄々っ子だ。駄々っ子でなければ、甘えん坊だ。なんとなれば、助けてくれないおまえが悪いと、ダントンを責めたのだ。自分ではなにもしない、できもしないくせに、相手のことばかりは口汚く責めたのだ。

――謝れ、カミーユ。

とも、デムーランは自分に言い聞かせた。それを思い留《とど》めたのは、さすがに殴られるかなとも思いついたからだった。殴られるなら、いっそすっきりする。ダントンの「フランス式ボクシング」で強烈に罰せられるなら本望なのだ。

が、そうして覚悟を決めた態度にこそ、ダントンは動いてしまう男だった。

「わかった」

「えっ、なに。なにが、わかったんだ、ダントン」

大きな手が差し出されていた。もう止《や》めろという意味だった。有無をいわせぬ空気に呑《の》まれて、こちらが口を噤《つぐ》んでしまうと、ダントンが口を開いた。

「もう一度、マクシムに会ってくる」

皆が救われるよう、きちんとかけあってくる。ああ、この俺も逃げてたのかもしれねえ。さすがに横着しすぎたのかもしれねえ。そう告げるや、ニッと歯をみせながら破顔して、あとはいつも通りの豪放磊落《ごうほうらいらく》な快男児だった。だから、カミーユ、今夜はつきあえ。こんなしけた珈琲《コーヒー》なんかじゃ、全然たりねえ。カルヴァドスを落としたくらいじゃ、酔いもしねえ。久方ぶりにカフェ・プロコープと行こうじゃねえか。我らが根城と一時は通い詰めたもんだが、最近すっかり御無沙汰《ごぶさた》になっちまってる。ああ、そうか。学校が同じおまえは別として、俺の場合はマクシムと初めて話をしたのも、確かカフェ・プロコープだったんだ。

「懐かしいなあ。そうだろ、カミーユ」

「しかし、ダントン、そんな大声で話しちゃあ……」

「構うもんか。おおい、公安委員会の密偵諸君、これからカフェ・プロコープに行くぞ。君たちも一緒にこないか。どうせ見張るつもりなら、一緒に飲むのが一番だぞ」

そうやって、ダントンは復活した。そのことを他に比べるものもないほど頼もしく思いながら、デムーランは胸が痛くなるくらいに後悔しないではいられなかった。

32——招き

デュプレイ屋敷に迎えの馬車が来たのは、芽月《ジェルミナール》二日あるいは三月二十二日の夕刻だった。

差し向けたのがセバスティアン・アンベールで、ムーズ県選出の国民公会議員である。議会での立場をいえば中道平原派《プレーヌ》だが、外交資金室長を務める政府要人のひとりであり、かねて親交がないではなかった。

促されるまま乗車すると、ロベスピエールは馬車が走るに任せた。十分ほども要したか、到着したのが同じパリの右岸も東側のマレ地区だった。しかもアンベールの屋敷は、サントンジュ通りに構えられていた。

「懐かしいだろ、このあたりは」

そうした言葉に豪快な笑いを続けて、玄関で迎えてくれたのが、ジョルジュ・ジャック・ダントンだった。

「離れて、もうすぐ二年半になる」

と、ロベスピエールは答えた。同時にみやれば、ダントンの背中にはアンベールの他にも、ルジャンドル、パリス、パニスといった議員たち、陸軍省の補給総監サンタン、同補佐官ジャネ・ブールズィエ、さらに外務大臣ドゥフォルグまでが顔を揃《そろ》えていた。

ロベスピエールは特に驚くではなかった。ダントンからの招きであることは事前に明かされていたし、それとして承諾したからには、ダントンの郎党が居合わせても、別して瞠目《どうもく》するものではないのだ。

──しかし、カミーユは……。

デムーランの姿はなかった。デュプレイ屋敷に訪ねられながら、無下《むげ》に追い返した昨日の一件が、ロベスピエールの心には一片の後悔として残っていた。その弁明ではないながら、会えるなら会いたい、話せるなら話したいと、ダントンの誘いを受けたのも、半ばはデムーランがいるかもしれないと考えてのことだった。

ダントンとなら数日前、すでに会談を遂《と》げていた。さらに話を重ねる必要も感じない。とすると、向こうは断られるとも覚悟していたのか。

巨漢のほうは少し声が上擦《うわず》るくらいに機嫌がよかった。ああ、そうか、マクシム、二年半か。シャン・ドゥ・マルスの虐殺があった頃《ころ》までは、ここからサン・トノレ通りに通ってきていて、それから引越したんだから、ああ、確かに二年半くらいだな。

「とにかく思い入れもあるだろう。なにせパリで最初に下宿を求めた界隈《かいわい》だからな」

「議員になって、最初だ。パリは学生時代にもすごしている」

「そ、そうか。とにかく、たまにはサン・トノレ通りから出るのも悪くないさ。テュイルリ宮に、ジャコバン・クラブに、デュプレイ屋敷に、歩いて五分の界隈から一歩も出ないとなると、えっ、どうだい、マクシム、空気も淀《よど》むというもんじゃないか」

「そうかな」

「そうさ、そうに決まってる」

がはは と大きく笑いながら、ダントンは背中を押してきた。さしあたりは抗《あらが》うでなく、ロベスピエールは屋敷のなかに進んだ。

平原派といえば穏健なブルジョワと相場が決まるが、アンベールの屋敷も豪奢《ごうしゃ》だった。大理石の廊下を案内されて行けば、通された食堂には大卓いっぱいに大皿小皿が、所狭しと並べられていた。

ちらと横目にしただけで、七面鳥のトリュフ添え、雉肉《きじにく》のオレンジ詰め、鯉《こい》とエンドウ豆の甘煮の蒸しアルティショー添え、スポンジ生地が幾重にも層をなした菓子には、杏《あんず》のコニャック漬けが載せられ、どれも華やかなばかりだった。

――明らかな贅沢《ぜいたく》だ。

当然ながら、感心できない。

「豪勢だね」

と、ロベスピエールは平らな声で感想を述べた。ダントンは変わらずの上機嫌で答えた。

「ああ、せっかくの機会だからな。今宵《こよい》はヴェルサイユにいたという料理人に、ここぞと腕によりをかけさせた」

「宮廷料理というわけか。食糧難の、この折りに？」

「確かに市井《しせい》の連中にゃあみせられないが、まあ、今日のところはエベールみたいなことはいうな。もっとも、あいつだって支援者に接待されて、陰じゃあ美食三昧なんだがな」

「…………」

「酒は、どうだ。酒なら関係ないだろう」

そう話がふられると、愛想笑いでついてきた連中が動き出した。緑色の硝子瓶《キャラフ》を抱えてきたのが、外務大臣ドゥフォルグだった。

白毛の鬘《かつら》は関係ないながら、綺麗《きれい》に整えられた口髭《くちひげ》はもうすっかり灰色という初老の紳士で、こうして給仕の真似《まね》などされると、それとして板についた感じもある。一省庁の主というより、古いカフェの亭主といった趣なのだ。

酒瓶を受け取りながら、ダントンの陽気口は止まらなかった。いや、酒なら贅沢品じゃない。どういうわけだか、フランスじゃあ麦が不作でも、葡萄《ぶどう》は豊作とくるからな。最高級の銘酒でも石のような古パンより安いほどだ。

「なにより、とっておきのシャンパーニュだ」

ダントンは木槌《きづち》を思わせる親指一本で、コルクの栓を弾《はじ》いてみせた。ポンと派手な音が響くと、いっそう上機嫌になる。だって、えっ、どうだい、この泡の噴き出し方ときたら。この酒は暴れ者だな。俺《おれ》と同じでシャンパーニュ出は暴れ者なんだ。贅沢品じゃないというのも、つまりは田舎《いなか》でもらってきたものだからだ。

「タダでな」

一同は一斉に笑った。なるほど、タダなら、どんな御時世も関係ないな。いや、関係ないといえば、いつの世もタダほど高いものはないという。実際のところ、ダントン、そのとっておきをくれたのは、土地《ところ》の大地主なんじゃないか。恩を着せるような真似をして、なにかと頼んできてるんじゃないか。

「なんだよ、おまえら、すっかりお見通しかよ」

ダントンがまとめて、もう一波の笑いが起きたが、ロベスピエールはほんのつきあいにも頰《ほお》を弛《ゆる》めたりしなかった。

早くも心は後悔に傾いていた。カミーユがいないのなら、来るのじゃなかった。いないなら帰るとはいわないものの、できればさっさと切り上げたかった。だから、ダントン、聞いてほしい。

「東インド会社の件なら了解している。君が関与しているとは、保安委員会のほうでも考えていないようだ。そこは、どうか安心して……」

「そうじゃない、今日はそういうことじゃない」

「では、なんだ」

「おいおい、のっけから喧嘩腰《けんかごし》じゃないか、マクシム」

「そんなつもりはない」

そう否定したにもかかわらず、ダントンはその大きな掌《てのひら》を、ずいと前に出してきた。目をつぶり、眉間に皺を寄せながら、大きな顔まで上下させて、うんうん何度か頷《うなず》いた。うん、わかった。うん、うん、わかった。

「いや、俺は怒らない。仮に罵声《ばせい》を浴びせられようとだ。俺の心には似合わないってえか、俺は誰も憎まないことにしてるからだ。そいつを弱さだという向きもあるし、自分でも苦しいと思うときがあるが、そのことも含めて、まあ、恥じようとは思わんさ」

そう返したダントンは、とってつけたような手ぶりを交え、あるいは大袈裟《おおげさ》な表情を作りながら、どこか芝居めいていた。が、それを巨漢に似合わない愛嬌《あいきょう》として、好意的に受け取る世人《せじん》が少なくないことも、また想像に難《かた》くない。

ダントンは、べええと舌まで出してみせた。いや、じっさい、俺のことが嫌いなら嫌いでいい。ああ、ほっとくさ。それでも俺は誰のことも憎まないから、誰のことも責め立てない。ただ解《げ》せないことはある。それだけは尋ねさせてもらいたい。

「愛国者の柱石も常に筆頭であり続けてきた、ロベスピエール先生ともあろう御仁《ごじん》が、だ。どうして、こうまで孤独なんだろう」

いきなり刺しこまれて、刹那《せつな》ロベスピエールは息が詰まる思いがした。

その苦しさから逃れるためか、すぐに心が反発した。ああ、ひとを呼び出しておいて、どうしておまえは孤独なのかはないだろう。自分は仲間に囲まれながら、多勢に無勢でそれはなかろう。

33――与太話

　微妙な空気の変化を察して、ルジャンドルやドゥフォルグたちは口を噤《つぐ》んでいた。でなくとも、話すのは専《もっぱ》らダントンだったが、なにか口説く段になれば、よってたかってとなるのは目にみえるようだった。

　なにも気づかないかのふりで、ダントンは続けた。

「もっと解《げ》せないのは、マクシム、君がここしばらく俺《おれ》に示している冷淡な態度の理由だ」

「待ってくれ、ダントン。喧嘩腰《けんかごし》だの、冷淡だのと、さっきから……」

「東インド会社の件は済んでいる。だから、喧嘩腰でも冷淡でもないといいたいんだろう」

　ダントンは有無をいわせぬ遮《さえぎ》り方だった。が、それとは別に、だ。

「今の公安委員会の人員を刷新して、新しい公安委員を据えようという陰謀がある、新委員の一覧の筆頭にはダントンの名前があり、無論その首謀者もダントンだ、なんて与太話があると聞いている」

「…………」

「なあ、マクシム、君が俺に対して冷たいのは、公安委員会の何人か、なかんずく、サン・ジュストやビヨー・ヴァレンヌあたりだが、そいつらが俺に抱《いだ》いてる憎しみとか、それを理由に巡らせた工作とかを、しつこく吹きこまれたせいだとしか考えられないんだ」

ダントンは肩を竦《すく》めてみせた。まあ、しょうがねえ。ビヨー・ヴァレンヌの奴《やつ》は、ほら、あいつも苦労人だからな。あいつが女房と二人で不遇だったとき、俺のほうはといえば、カフェの経営者の娘なんぞと縁づいちまったから、ちっとばかし恵まれていた。そのことが今も許せないんだろう。

「サン・ジュストのほうは、正直よくは知らない。けど、まだ二十代だってんだろ。自分があれくらいの歳《とし》だった頃《ころ》のことを思うと、ほんと、驚かされるばかりだが、それとして、なんとなく感じるところ、口に出して公《おおやけ》にしているより、ずっと血腥《ちなまぐさ》い考えを持っているんじゃないか」

ロベスピエールは答えなかった。おおよそは与太話ならぬ事実だった。

ビヨー・ヴァレンヌの不遇時代は知らない。ただ自分が責められるかもしれない、その前にダントンを責めなければならないと、個人的な事情で告発に熱心なのは間違いない。実際に寛大《アンダルジャン》派の告発を公安委員会の議題に挙げたりもしている。

「なんということだ。君は真の愛国者を殺そうというのか」

そうやってロベスピエールは一蹴《いっしゅう》した。が、だからといって問題が落着したとも考えていなかった。サン・ジュストもまた意欲的だからだ。党派は許しておけない、エベール派を切るならダントン派も切らなければならないと力説するが、なるほどダントンが洞察したように、根本の動機はまた別にあるのかもしれなかった。

いずれにせよ、なにひとつ終わっていない。なにひとつ決まってさえいなかった。公安委員会としての結論が出ていないだけでなく、ロベスピエール自身が未《いま》だ迷いのなかなのだ。

「君を囲んでいる雀《すずめ》ども、考えなしの小物どもにしたって、褒められたものじゃあるまい。悪口をいい、陰謀だの、密謀だのを囁《ささや》き、あげくに断頭台を叫び、そういうことを際限なくされちゃあ、さすがの君だって頭のなかの下らない妄想が、どんどん、どんどん大きくなって、ついには怪物に育つのを止められなくなる。いってみれば、奴らは君に、俺を殺すための毒だとか、短刀だとかを、絶えず押しつけようとしているのさ。けど、見落としてほしくないのは、マクシム、奴らは同時に君の政治感覚、つまりは政治的な平衡感覚をも削り取ろうとしているってことだ」

しばし真顔で続けてから、ダントンは破顔した。おっとっと、乾杯を忘れていたな。いいながら、手の大きさに比べると、華奢《きゃしゃ》にもみえる硝子《ガラス》の杯に、泡立つ黄金色の酒をとくとくと注《つ》ぎ入れる。が、用意したのは二杯だけだった。

「おまえらも適当にやってくれ」

周囲にそう告げると、二杯のうちの一杯を無理にも押しつけるような印象で、こちらに差し出してくる。

ロベスピエールは受け取った。そばからダントンの陽気口が復活した。なあ、マクシム、乾杯の意味を知ってるか。こうやってな、縁のところをガチンとやってな、いや、本当はもっと強くガチンとやって、だ。その勢いで酒の雫《しずく》を交換しようってのが乾杯の始まりだそうだ。その昔は毒殺がはやっただろ。相手の杯に毒なんか入れていれば、とても雫の交換なんかできない。するってこたあ、あなたを殺すつもりなんかありませんよって証《あかし》なわけだ。

「乾杯ってのは、そういう意味で友情の証なのさ」

だから、飲むぜ。この俺は飲ませてもらうぜ。言葉通りに一気に飲み干し、いかにもダントンらしい、豪放磊落《ごうほうらいらく》な風が出てきたようだった。いや、マクシム、俺たちと同じような革命のベテラン、本物の愛国者たちが立ち会ってくれているから、普段から君について思ってきたことを、あえてぶつける気になったんだ。

「俺に対する冷たさの大本の理由ってえのは、つまりは、あれだろう。ああ、わかってる。ベルギーで命じられた仕事中のこととか、俺が不法に拵《こしら》えたとされる財産のこととか、色々いわれてきたが、これまで俺は弁明らしい弁明もしてこなかったからな」

確かに、それもないではなかった。ダントンは悪い男ではない。図抜けて優《すぐ》れた政治家でもある。が、常に後ろ暗さがつきまとう政治家でもあるのだ。

「どういうわけだか、いつも金回りがいい」

そうやって、カミーユも首を傾《かし》げたことがあった。つまりは親友でさえ解せない。やることも、持つものも、どうにも解せないところが、ロベスピエールにとっても拭《ぬぐ》い切れない不信感になっていた。

「だから、マクシム、この機会にいわせてもらう。この革命が始まってからってもの、俺は自分の利益のために忙しくしたことなんかない。ああ、みんな知ってることさ。財産を増やしたどころか、ささやかなりとも革命前から持っていたものを、革命のために投じてなくしたくらいなんだ」

「嘘《うそ》だとはいわない。しかし、ダントン、今の数語だけで全て信じることもできない。納得できるだけの、十分な根拠が示されたとは思えない」

「だったら、ビヨー・ヴァレンヌはどうだ」

「えっ」

と、ロベスピエールは思わず聞き返した。話は思わぬ方向に転んでいた。ダントンには勢いづく感じもあった。

「サン・ジュストはどうだ。他の雀どもはどうだ。ダントンはクー・デタを企《たくら》んでいる。そういったとき、奴らは十分な根拠を示したのか」

「それは……」

「マクシム、君の信じやすさときたら……。君の人のよさときたら……」

そう続けてダントンは本当に頭を抱えてみせた。小物たちの無責任なお喋《しやべ》りとか、腹黒連中の仄《ほの》めかしだとか、そんなものに君ときたら、もう犯罪を信じこんでしまうんだ。切れ目なく国民公会《コンヴァンシオン》を混乱させているというのも、そもそもは焚《た》きつけられやすい君の想像の産物のせいじゃないのか。

「そうかもしれない」

と、ロベスピエールは引き取らざるをえなかった。これが話の肝《きも》だったかと、巧みに欺かれたような悔しさもありながら、容易に反論できないからには、真摯《しんし》に耳を傾けるべき理屈もあった。ああ、ダントンの陰謀というが、確かにこれといった根拠が示されたわけではない。

34――俺を信じろ

「だから、たまにはサン・トノレ街を出ろという」

とも、ダントンは付け加えた。これまたそうかもしれない、とロベスピエールは思う。前回も感じたことだが、実際にダントンと話していると、なんの問題もないかに感じられてくる。政治を掻《か》きまわすつもりはないという。引退まで公言した。それで全体なんの問題があるというのか。

そう納得したはずなのに、自分でも不思議なのだが、ひとたびサン・トノレ街に戻ると、また全てが疑わしく思えてくるのだ。

このフランスには陰謀が満ちている。政府や官庁、議員や企業家、哲学者やジャーナリストのなかにまで、反乱分子や外国の手先が紛《まぎ》れている。そうして常に共和国の破滅を画策している。そう思いこんだが最後で、それこそ徒歩五分の円を出た日には、もう誰も信じられないように感じてしまうのだ。

「実際のところ、名前を出した二人のペテン師が、どんな計画を立てているか、この俺《おれ》は知ってるんだ」

ああ、ビヨー・ヴァレンヌとサン・ジュストの話だ。そうやって憚《はば》らないダントンは、またひとつ前進だった。ああ、連中の臆病《おくびょう》だって、承知のうえだ。連中には俺を責める勇気がないんだ。だから自分では責めようとしないんだ。

「だから、マクシム、君の耳に囁《ささや》くのだ」

「しかし、ダントン、あの者たちだって、私に注進するというのは、誠意と愛国心からであって……」

「俺を信じろ、マクシム」

また強引に遮《さえぎ》りながら、ダントンはまっすぐ目を向けてきた。力のある目だった。

「陰謀だの、なんだのという妄想を振りはらって、本物の愛国者と手を結べ。そして一緒に歩いていこうじゃないか。下らないこだわりなんか忘れて、祖国のことだけ考えようじゃないか。祖国になにが必要かとか、祖国はどんな危険に迫られているかとか、それだけ考えて、要するに国境で戦っている兵隊たちを真似《まね》るのさ」

「も、もちろん、そうできるのなら一番だ」

「できるさ。ああ、一緒にやろうぜ」

鍛冶屋《かじや》の革手袋ほどもある手で、ダントンはがっちり肩をつかんできた。なに、外の敵なんか、すぐに打ち負かすことができるさ。あいつらの降伏なんか時間の問題さ。内の敵はといっても、いろいろ取《と》り沙汰《ざた》される割に、実際のところはそんなに多いわけじゃねえ。そう信じこませたい輩《やから》がいうほど、危険というわけでもねえ。だから、絶えず目を大きくしているだけでいい。罰せられるべきを罰するだけでいい。

「しかし、間違い程度なら許そうぜ」

ぴりと神経にさわるものがあった。ロベスピエールは少なくとも、話がもうひとつ転じる気配だけは覚えた。

ダントンは変わらず熱い口調だった。ああ、俺たちは共和国の勝利を目撃できる。外国から尊敬される共和国だ。国内ではそれを敵視している輩にまで愛される共和国だ。

「ちょっと、待ちたまえ。ダントン、全体誰の話をしているのだ」

「誰というと、共和国を敵視している輩のことか」

「それも含まれるかもしれないが、その前の、間違い程度しか犯していない、許されるべき人間とは、具体的にいうと、例えば誰になる」

「例えば、そうだな、あの可哀相《かわいそう》な老ロメニ・ドゥ・ブリエンヌのことになるかな」

ダントンが出したのは、革命前の財務総監の名前だった。すぐる雨月《プリュヴィオーズ》二十七日あるいは二月十五日、それが細君と一緒に逮捕されていた。

「ただルイ十六世に仕《つか》えただけじゃないか。この期《ご》に及んで逮捕して、あげくに断頭台に送りこんで、どうなるというものでもあるまい」

「なるほど、誰も憎まないという、君らしい物言いだ。しかし、ダントン、君の信条、あるいは君の道徳を推し進めるなら、罰せられるべき犯罪者などいなくなりはしないかね」

「それじゃあ気に入らないか、マクシム」

ダントンは、またしてもの真顔だった。が、ロベスピエールは今度はほだされようとは思わない。そういうことかと看破したからだ。ああ、ダントンの、俺を信じろ、とはそういうことか。つまりは俺を信じろ、俺の判断を信じろ、俺が許されると思う人間は許せ、というような三段論法だ。

「で、ダントン、他に許さなければならない輩というのは？」

「七十五人のジロンド派議員、かな」

「あんな国民公会《コンヴァンシオン》を空転させるばかりの日和見《ひよりみ》な連中を……」

「だから、日和見なだけなんだ。ブリソじゃない。ペティオンでも、ヴェルニョーでもない。あいつらの言葉に、ただ踊らされただけという連中だ」

「それが大罪なのじゃないか」

「そうだろうか。実際のところ、この問題を議会で取り上げて、君に連中を逮捕勾留《こうりゅう》する権利なんかないことを証明しようとすれば、それはそんなに難しい話にはならないぞ。革命裁判所に送る、断頭台に送る、という話なら、なおのことだ」

「ほんの間違い程度しか犯していないから、ということだな。まったく、ダントン、君が寛大《アンダルジャン》派の首領とされるのは、理由がないことではないな」

観念論で話をするなら、歩みよれないわけではない。が、政治の現実を具体的に話すほど、お互いの違いはやはり大きいことがわかった。それこそ溝の埋めようがないくらい大きいと、痛感せざるをえないばかりだ。

これだけ違いが大きければ、革命を進めていく過程で必ず対立が生じてしまう。どちらも妥協できないとなれば、ただちに政争になる。それは政治を停滞させる。

——やはり排すべきなのか。

ロベスピエールは顔を上げた。

「ダントン、君の理屈はわかった。そのうえで私の考えをいおう。ジロンド派のような極悪人どもの首を落とさないことには、自由は決して打ち立てられない。あの七十五人の死体のうえにしか、共和国は打ち立てられない」

ダントンは溜《た》め息だった。

「そんなことをいっていると、マクシム、そのうち君も断罪されるぞ」

「どうして、そうなる」

「いうことが、逮捕されたエベール派にそっくりだからな」

「…………」

「エベール派は逮捕された。だったら、エベール派と変わらない君らも、そのうち逮捕されて然《しか》るべきじゃないか」

空気が一気に緊迫した。それはダントンのみならず、こちらにも引く気がないからだ。

――死闘というべきは、これからなのだ。

と、ロベスピエールは悟った。二度目の会談なのだから、ただの弁明で終わるはずがない。ただの助命嘆願でも終わらない。あえて一歩を前に出し、ダントンは公安委員会の非を問うというのだ。エベール派の逮捕を問題にしてきたからには、いよいよ捨ておけないというのだ。

ルジャンドルやドゥフォルグといった、空気に呑《の》まれて絶句した一同に、ダントンは手ぶりを送った。

「二人だけで話をさせてくれ」

35——大きな男

追い立てるように戸口まで行き、ダントンは自らの手で扉を閉じた。大きな身体《からだ》を翻すと、酒肴《しゅこう》が並べられた卓に戻りがてらで、もう話を改めていた。ああ、マクシム、こうなったら、率直にいわせてもらう。

「独裁者のように振る舞うのはやめろ。そういう役回りをフランス人は我慢しないぞ」

「わかっている。我々こそ革命を起こしたフランスの国民なのだから、わかっている。しかし、今は独裁が必要なときだ。その革命を停滞させないためだ」

「議会に様々な立場があり、様々な意見があるからといって、それが必ず革命を停滞させることにはつながるまい」

「いや、つながる。しばしば議会は民意から懸け離れる」

「だから民衆をけしかけて、議会を屈服させたのか」

「それは……。昨年の六月二日のことをいうなら、私とて議会をないがしろにしたくはなかった。民意と懸け離れたとしても人民の代表は人民の代表であり、暴力で踏みにじりたくはない。もう二度と踏みにじりたくないからこそ、独裁が必要だというのだ」

「しかし、議会の意思を無視するなら、踏みにじるのと変わりがないぜ。それどころか、人民の代表の声を黙殺してしまえば、それは暴君と同じだ」

「違う。暴君とは違う。独裁と専制は別なものだ」

「暴君とは違うというなら、どうして君自身も嫌だと思う方法で人民を扱うんだ。どうしてこうまで多く、恐怖政治《テルール》の犠牲者がいるんだ。それが王党派だとか、共和国転覆の陰謀を企《くわだ》てたとかならわかるが、無実の者まで殺されているんだぞ」

「無実の者まで殺されているなんて、そんなことはない」

ダントンは少し黙った。いくらか俯《うつむ》き、それでも意を決したように顔を上げると、縦の傷跡が目につく厚い唇で再び始めた。

「本気なのか、マクシム」

「意味がわからない」

「本気で殺すつもりなのか、エベール派の連中を」

「それは革命裁判所が決めることで……」

刹那《せつな》泣きそうに顔を歪《ゆが》めながら、ダントンは二度三度と首を振った。なあ、マクシム、お互い言葉と時間の無駄遣いはやめようぜ。

そういう意味はロベスピエールにもわかった。

「それは、ああ、それは私のほうも異存はない」

そう引き取りながら、なおロベスピエールは一拍置いた。はっきりと言葉にすることの躊躇《ちゅうちょ》ばかりは、いくらか時間を費やしても切り捨てなければならなかった。

「ああ、そうだ。エベール派は殺すつもりだ」

「どうして、殺さなければならない」

「いうまでもない。革命のためにならないからだ」

ダントンは苦笑を浮かべた。かもしれねえ。下品だし、直情的だし、短絡的だし、おまけに調子に乗ったら最後で、加減てものを知らねえ。あいつら、本当に馬鹿だからな。

「しかし殺すまでの話じゃねえだろ。馬鹿なだけなんだから、それこそ間違いの程度だろ」

「そうは思わない。エベール派は蜂起《ほうき》を企てたのだ。それも自分たちの利益のために企てた。政権が弱ったとみるや、ただ権力を奪うために動いたのだ。それは世のため、人のための蜂起ではなかった」

「つまりは馬鹿な蜂起じゃなく、悪い蜂起というわけか」

「そういう言い方も、ああ、可能だろう」

「にしても、はん、もう蜂起なんか起きっこねえぜ」

「どうして、わかる」

「エベールに会ってきた」

「というと、監獄に」

ダントンは無言で頷《うなず》いた。ロベスピエールは少し驚いた。

エベール派はダントンの敵だった。中傷合戦、告発合戦、逮捕合戦と、真正面から衝突して、それこそ殺す殺されるの政争を演じていた。一部に手打ちの動きがあったことは聞いているが、それにしても首領自ら虜囚に落ちた政敵の牢獄《ろうごく》まで、わざわざ足を運ぶとは……。

旺盛《おうせい》な行動力もさることながら、その振る舞いが決定的なくらいに衝撃的なのは、人間としての器の違いを、ここぞとみせつけられた気がするからだった。ああ、ダントンは大きな男だ。あの厄介なエベールまで、こだわることなく包容するとなれば、とてつもなく大きな男だ。

いや、エベールだけではない。フイヤン派も、ジロンド派も、あろうことか、タレイラン・ペリゴールやデュムーリエの類《たぐい》に至るまで、思えばダントンは余さず手を差し伸べてきた。

――誰より、この私にさえ……。

ふと蘇《よみがえ》る記憶は、一七九〇年のものだった。そのころロベスピエールはマルク銀貨法に反対していた。一月二十五日の議会でも、なにがしかの納税をした者には、額の多《た》寡《か》に関係なく選挙権が与えられるべきだと訴えたが、あえなく無視されてしまった。それどころか、しつこいとか、現実がみえていないとか、さんざの非難まで浴びせられることになった。

が、議会の外では支持された。ロベスピエール自身も知らない間に、パリの巷《ちまた》は非常な盛り上がりをみせるようになっていたのだ。

「ああ、マクシム、あんたを応援することに決めたんだ、俺《おれ》は」

そう打《ぶ》ち上げて、動きの中心にいたのがダントンだった。私の主張は理解された。私の熱意は受け止められた。ロベスピエールは真実、涙が出る思いだった。あの安心感ときたら……。あの心強さときたら……。今日まで戦い続けてこられたのも、そうして支えられているという思いあっての話だ。

――なんとなれば、ミラボーさえ彷彿《ほうふつ》とさせて……。

さらに遡《さかのぼ》る一七八九年五月十八日、それはロベスピエールの処女演説だった。

全国三部会が召集されたばかりの話で、平民代表と貴族代表の対立から議会が空転したことがあった。かかる事態を打開するため、聖職代表の切り崩し、わけても同じ平民である下級聖職者の切り崩しを提案するも、仲間の反応は冷ややかなものだったのだ。

「いや、あながち悪い考えとはいえまい」

そう介入して、ロベスピエールを支持したのが、かの大ミラボーだった。

そのときもロベスピエールは涙が出る思いがした。ああ、あそこで挫《くじ》かれてしまっていたなら、それきり政治の世界から身を引いてしまったかもしれない。世の不正に憤ることはあれ、それを正そうと果敢に行動するでなく、ただ拗《す》ねているばかりになったかもしれない。

ミラボーに傾倒していく気持ちも、また止めようがなかった。心酔するに足る器量の持ち主だったからだ。あの大きな男は、つまるところ優しかったのだ。

「へへ、エベール、へへ、あの禿《は》げ、すっかり大人しくなってやがった」

ダントンが続けていた。もう蜂起を企てる根性なんかねえ。ああ、自分の限界をすっかり悟っちまったって顔だった。そこは俺が請け合うよ。ブリソとか、ペティオンとか、ヴェルニョーとか、それこそジロンド派の頭でっかちとは違う。理屈で考えるから、論法の立て方ひとつで、まだまだできるんじゃないかなんて、ついつい勘違いしちまうんだ。閃《ひらめ》き一本でやってきた男だけに、それがエベールにはねえ。もう駄目だってことは、本能で直感している。

「エベールの再起はねえ。だから殺す意味もねえ」

36——ダントンに任せれば

ねえ、ねえ、ねえ、とダントンの語尾が何度か木霊《こだま》した。それくらい、今や屋敷は静まり返っていた。

部屋を追い出された者たちが、それ以前に使用人たちがいるはずなのだが、人の気配も感じられない。もしや外では皆して壁に寄り、こちらに聞き耳を立てているのかとも思ったが、それだからと言葉を遠慮する謂《いわ》れはない。ああ、逃げ隠れするような言葉は発しない。

ロベスピエールは答えた。

「これからの罪は、ああ、確かにないかもしれない。しかし、これまでは罪を犯した。その罪については償わなければなるまい。ああ、エベールは人を殺している。ある意味では殺している」

「マリー・アントワネットの裁判を求め、ジロンド派の裁判を求め、革命裁判所でまで大騒ぎした件をいうのか。その話は俺《おれ》も聞いたし、確かにひどすぎると思う。なんたって、殺せ、殺せ、断頭台に送れの一本調子だからな。だから、ああなっちゃいけないと思うんだ」

「ああなる？　誰が？」

「なあ、マクシム、今が引《ひ》き際《ぎわ》じゃねえか」

「私が、か。私は誰も殺していない。私はエベールとは違う。だから、引くも、引かないもない。根本的には暴力を憎んでいる。死刑という制度そのものに、かつては反対していたほどだ」

「しかし、エベール派が処刑されれば、それは君が殺したことになるんだろう」

「…………」

「同じなのさ、エベールたちと。あいつらは単なる馬鹿だが、君は違う。とすれば、いっそう質《たち》が悪いくらいだ」

「それは心外だ。私は私欲のためになしているのではない。全てはフランスのためであり、この祖国の人民のためなのだ」

「だとしても、こんな暴力的な状態は長く続けるべきじゃない。他でもない、フランス人の気性からして、嫌がられるだけだ」

「フランス人の気性というのは」

「いうまでもない。自由を好む気性だ」

「しかし、無条件の自由を認めて、はたして革命は成るのか」

「成る。罰せられるべき罪と、許されるべき間違いを、きちんと見分ければいいだけだ」

「どうやって、見分ける」

「俺が見分ける」

「エベール派の再起はないと断じたようにか」

「そうだ」

「だったら、ファーブル・デグランティーヌは、どうだ」

今度はロベスピエールが切り返す番だった。が、ダントンは慌てず、また悪びれもしなかった。

「東インド会社の清算でやらかした横領は否定できねえ。これだけの醜聞を起こしたからには、無罪放免とはいかねえ。懲役は覚悟させる」

「カミーユはどうだ」

「カミーユだって？　カミーユが犯罪者なわけがねえ。てえのも、マクシム、カミーユがどうしてカミーユと呼ばれるのか、仲間内で呼ばれるときだけじゃなく、新聞紙上でもしばしばデムーランじゃなくカミーユと活字が置かれてしまうのは、全体どういうわけだと思う」

「そんなこと、わからないよ」

「子供だからさ。君もジャコバン・クラブでいったように、カミーユは子供なのさ。才能に溢《あふ》れちゃいるが、子供だ。子供は犯罪に手を染めない。最初から間違い以上のことはできないようになっているんだ」

「それは……、そうかもしれない」

ロベスピエールは認めざるをえなかった。カミーユは子供だ。ルイ・ル・グラン学院で後輩だったときから、少しも変わらないような気がするくらいに、本当に子供なのだ。凡百《ぼんぴやく》に秀でた数々の業績にしても、思い返せば子供であればこそ、常に可能となってきたのかもしれなかった。

とはいえ、子供であるがゆえに全て許されるのだとしたら、それもなんだかずるいような気がする。

――なんとなれば、カミーユは全てを手にしている。

パリの英雄としての名声も、洒脱《しやだつ》な文章を駆使できる才能も、議員としての信用も、ブルジョワとしての富も、のみならず、友も、子供も、なにより美しい細君まで、なにもかも手に入れておきながら、それでいて私のように、あるいはダントンのように、煩《はん》悶《もん》したりはしないのだ。

「どうした、マクシム」

ダントンに確かめられて、ロベスピエールはハッとした。い、いや、なんでもない。

「ただ、どうやら同じ問いを繰り返さなければならないようだ。ダントン、君は自分が見分けるというが、君の信条、あるいは君の道徳を推し進めるなら、罰せられるべき犯罪者などいなくなるのではないか」

「俺も同じ答えを返すが、いなくなっちゃあ悪いのか」

「悪いだろう、その結果として、革命が頓挫《とんざ》するなら」

「頓挫しなければ、いいんだな。だったら、俺が頓挫させねえ」

「…………」

「一線を越えようとする輩《やから》がいたら、その前に、この俺が、必ず抑える」

大言壮語にも程がある。何様のつもりか。万能の神にでもなったつもりなのか。目の前にいるのが、もっと小さな男であったなら、ロベスピエールは即座に叩《たた》き返したはずだった。しかし、それは大きな男だったのだ。

――あるいはダントンなら、ひとつにまとめられるかもしれない。

かつてジャコバン・クラブからフイヤン派が分かれたときも、さらにジロンド派が分かれたときも、国難そっちのけの政争に発展した。ジャコバン・クラブに残ったジャコバン派が山岳《モンターニュ》派とも呼ばれるようになると、そこからまたコルドリエ派あるいはエベール派、ダントン派あるいは寛大《アンダルジャン》派と分かれていった。

再び政争に発展するのではないか。再び国政が停滞するのではないか。フランス国民の意思、ルソー流にいえば「一般意思」が、ないがしろにされてしまうのではないか。

そうした危惧《きぐ》、いや、むしろ危機感からロベスピエールは、党派は認められない、公安委員会を権力装置として、山岳派の独裁が達成されなければならないと結論していた。が、あるいはダントンに任せれば、全て杞憂《きゆう》に終わるのかもしれない。その大きな懐《ふところ》のなか、山岳派も、コルドリエ派も、寛大派も、皆が安《やす》んじて同居できるのかもしれない。相互に異論があるほどに、議論は活性化するばかりなのかもしれない。それならば、だ。

「俺を信じろ、マクシム」

ダントンの力強い声が耳奥に残っていた。信じてしまいたいという衝動は、ロベスピエールにもあった。ああ、私とて疑うより信じたい。ありもしない陰謀を勘ぐってまで、無理に誰かを排除したいわけではない。

なにがなんでも、自分の政権を維持したいというつもりもなかった。ああ、私は無私の気概で政治に臨んでいる。余人が政権を取るほうがフランスのためになるなら、私は喜んでこの身を引く。

――だから、確かめなければならない。

と、ロベスピエールは思った。祖国のために政権を禅譲するなら、ひとつも不安は残せない。

37――価値観の問題

「必ず抑えるというが、さしもの君でも、ジロンド派は懐柔できなかったじゃないか」

「それをいわれると弱いが、だから追放を容認した。もうジロンド派はいねえ」

「今いる連中なら必ず抑えられると？」

「ああ、抑えられる」

「またぞろジロンド派のような輩《やから》が出てきたら？」

「そのときは俺《おれ》が切る。ああ、ブリソだの、ペティオンだの、ヴェルニョーだのは、俺の目からみても、やっぱり罰せられるべき輩だったさ」

「それにしても、大役だ。革命の成否は全て、君の眼力と、君の調整力、つまるところ、君の政治力にかかっていることになる。それをダントン、君は担《にな》い続けられるのか」

ダントンは頷《うなず》いた。いや、ジロンド派の追放のときは、絶望して田舎《いなか》に身を引いてしまった。この前に話した通り、つい最近までだって、もう俺が出る幕はねえかと、引退を考えていた。けれど、今は無責任にすぎたと反省している。

「命あるかぎり、俺は俺の役目を全《まっと》うする」

ダントンは断言した。目にも強い光があった。が、それならば駄目かと、ロベスピエールの心に続いたのは落胆の言葉だった。目からは光が失せることもあるからだ。

命あるかぎりというが、それが尽きれば終わりだった。そう簡単に尽きるものではないとも楽観できないのは、かのミラボーが現実に早世してしまっているからである。その器量の大きさで世人《せじん》という世人を魅了しておきながら、あの偉人は突如として病に倒れてしまったのである。

――残されたフランスは……。

大変な労苦を強《し》いられた。ミラボーの後継者を探せといい、ダントンならばと今ようやく候補を見出《みいだ》せたのだとしても、これまで三年という歳月を苦しまなければならなかった。

同じだけの時間を再び浪費することはできない。万が一にも、できない。そんなに悠長に歩いたが最後で、今度こそ革命は頓挫《とんざ》してしまう。

――やはり大きな人間には任せられない。

思い出されるのは、今度はバルナーヴの言葉だった。大才を謳《うた》われながら自ら政界を後にした男が、ロベスピエールにだけ最後に残していった。

「革命が続くのであれば、ロベスピエール氏、それを指導するべきは、あなただと思います」

「私など……。それほどの器では……」

「ははは、まさに器じゃないからですよ」

そう笑われた意味が、ようやくわかったのだ。私は凡人にすぎない。いや、むしろ普通より小さい。この程度の人間であれば、いくらでも代わりがきく。はじめから器量に頼っていないからである。そのかわりの武器が理想であり、理念であるからには、これは誰にでも抱《いだ》くことができる。己の努力精進ひとつで、誰でも手に入れられる。

もちろん、それはダントンも例外ではない。ロベスピエールは再開した。

「役目を全うするというが、君の眼力が鈍るときはないのか。俺が見分ける、俺が抑えるというが、その判断を誤ることはないのか」

「ない。いや、ないようにする」

「それじゃあ困るんだ。絶対になくしてもらわないと困るんだ。やり方もあるわけだし」

「ほう、どうやる」

「心に理想を描き、その理念を貫くのだ」

「………」

「自分の徳を磨くんだよ。それは努力次第で誰にもできることだ」

「例の徳の政治という奴《やつ》だな。はは、マクシム、それなら心配ない。ああ、徳なら俺も自信がある。はは、俺が毎晩というもの、妻に証明してやっていること以上に確かな徳の証明もないくらいだ」

ダントンは冗談めかした。ニヤニヤして、それが卑猥《ひわい》な冗談であることも一目瞭然《いちもくりようぜん》だった。

ロベスピエールは頭に血が上った。耳の先まで赤くなって、カッカと燃えているのがわかった。こちらも笑いで流すべきだと思いながら、自分を止めることができなかった。

「愚弄《ぐろう》するな。私がいう徳とは、そんな卑俗な精神のことではない。祖国と法を愛すること、個人的に無欲であること、全体の利益のために奉仕すること、ときには自分を犠牲にすること、そうした実践を通して実現される精神を、私は徳と呼んでいるのだ」

「おいおい、マクシム、ほんの冗談じゃねえか」

「冗談にできること自体、おかしいのだ。ああ、やはり君では駄目だ。道徳という観念が全く欠けている人間が、自由の守り手たりえるわけがないからだ」

「気分を害しちまったんなら謝る。ああ、俺は野卑で、下品な男なんだ。どうしようもないってのは自覚してるが、しかし、マクシム、徳の政治というのは、そうやって一方的に相手を裁く政治なのか。上等と下等に分けて、片方だけ褒め、もう片方は蔑《さげす》み、切り捨てる政治なのか」

「蔑んだのは、君のほうではないのか。つまりは独り身の私を馬鹿にしたのではないか」

「………」

「ああ、私は確かに独身だ。が、私はあえて妻帯しないのだ。努めて家族を持たないのだ。それこそ徳を実践できなくなる元凶だからだ。どんな真面目《まじめ》な男も、妻子がいるから、私欲に走ってしまうのだ。自分の家族だけは飢《う》えさせたくないと念じながら、目の色を変えて奔走すれば、そのうち社会正義のことなど考えられなくなってしまうのだ」

「とすると、ひとを愛するってことは悪なのか」

「革命家にとっては、ああ、悪だ」

「てえことは、マクシム、あのとき、君は嘘《うそ》をついたのか」

「なんのことだ」

「前の女房が死んだときだ。君は俺に手紙をくれた。『今このとき、私は君だ』とまで書いてくれた。あれは俺の心の痛みを共有してくれたんじゃないのか。ひとを愛することの、また失うことの悲しみを認めてくれたんじゃないのか」

「それは……」

「だからこそ、俺は君を心からの友人と信じたんだ。が、その友情も悪だというのか」

「そうはいわない。が、君との友情は個人的なものだ。私一個の感情で革命の道行《みちゆき》を左右することは許されない。ああ、私情を政治に持ちこむべきでは……」

「私情じゃない。これは価値観の問題だ。その価値観こそ政治の根幹じゃないのか。だから、答えろ、マクシム、女を愛すること、友情を重んじること、ひとを好きになるということは、革命家には許されざる悪なのか」

「…………」

「やっぱり、おかしいぜ、マクシム」

「おかしい？　この私が？　ああ、そうか」

大きな身体《からだ》のダントンは、大きな仕種で肩を竦《すく》めた。

「そうだと俺は思わずにいられない。どうしてって、俺たちが互いに袂《たもと》を分かつなんて、えっ、どうだい、マクシム、これが六カ月も前の話なら、君は君自身を告発しているところじゃないか」

「ああ、うん、そうかもしれない」

ああ、ああ、ついつい私もいいすぎてしまったようだ。そう認めながら、ロベスピエールは手にしたままの硝子《ガラス》の杯に気がついて、ようやく一気に飲み干した。喉奥《のどおく》に細かな泡が弾《はじ》ける感触があり、その贅沢《ぜいたく》な清涼感を不快といえば、確かに嘘になってしまうようだった。

38——もう終わりだ

望みを捨てたものじゃねえ、とエベールは思う。

「いや、もう終わりだ」

風月《ヴァントーズ》十五日あるいは三月五日の蜂起《ほうき》にしくじり、その直後に訪れた直感は、実際外れなかったようにみえた。

家宅捜索でベーコンを押収され、そうした事実が聞いたこともないような新聞に報じられ、あの「デュシェーヌ親爺《おやじ》」は嘘《うそ》つきだったと世評を地に堕《お》とされて、あげくが風月二十四日あるいは三月十四日未明の逮捕となったからだ。

監獄に入れられて間もなく、革命裁判所にも送られた。型通りの審理になって、訴追検事が嫌疑を読み上げれば、証人も呼びつけられ、また自身も証言を求められたが、エベールは弁明のひとつも試みなかった。もう終わりだと思いこんでいたからだ。

が、裁判も三日目の芽月《ジェルミナール》三日あるいは三月二十三日、つまりは昨日になって、俄《にわ》かに様子が違ってきた。審理終了後に、訴追検事フーキエ・タンヴィルが公安委員会に呼び出されたからである。

もちろん勾留中《こうりゅうちゅう》の身であれば、自分で追いかけたわけではない。収監されているコンシェルジュリまで教えに来たのは、あのありがたい女房マリー・マルグリット・フランソワーズだった。

意外な気丈者で、しっかり者でもあれば、まず間違いない情報である。ああ、確かにフーキエ・タンヴィルは、テュイルリ宮の通称「緑の間《ヴェール》」に進んだ。なかでロベスピエールから直々《じきじき》に、なにか話があったらしい。

さすがのマリー・マルグリット・フランソワーズも、その内容までは突き止められなかったが、もう十分だ。諸々《もろもろ》の状況を合わせて考えれば、見通しは決して暗くないのだ。

ひとつには、パリ市の第一助役ショーメットまでが逮捕された。風月二十八日あるいは三月十八日のことだ。

国民衛兵隊司令官アンリオともども、コルドリエ派と袂《たもと》を分かち、むしろロベスピエールに近くなっていた男が、かつての脱キリスト教化運動を問題視されたとかで、身柄を拘束されてしまったのだ。

――が、ショーメットを断頭台に送るか。

送るはずがない。はじめから処断を穏便に済ませるつもりの逮捕とみたほうがよい。

とすれば、コルドリエ派にも温情があるのではないか。あるからこそショーメットまで逮捕して、横並びの軽い処分で済ませて、全て手打ちにするつもりなのではないか。

そうした希望的観測を、かねてモモロやロンサンといったあたりは論じていないではなかった。そんな温情ほしくねえよと、ヴァンサンは常にキレ気味で、エベールはといえば希望をつなぐだけの気力も湧《わ》かずに来たのだが、芽月三日の朝にはまた別な朗報も飛びこんできた。

芽月二日の夜、ダントンはロベスピエールを相手に詰めて話をしたようだった。途中では激論も戦わされたが、最後は微笑《ほほえ》みながらの和解に達したとも伝えられた。これは状況が変わるかな。いや、救われるのはダントン派だけだろう。あれこれ話しているうちに、フーキエ・タンヴィルが公安委員会に呼び出されたのである。

止《とど》めが今日芽月四日あるいは三月二十四日の審理だった。朝九時に法廷が開いて早々に、裁判長デュマは陪審員に質《ただ》した。

「審理は十分に尽くされたと思いますか」

「はい、十分に尽くされたと思います」

「ここに全ての審理が終了したことを宣言します」

デュマがまとめて、陪審員は別室に移動となった。

フランス人民の自由と国民の代表に対して企《くわだ》てられた陰謀はあったのか、全部で二十人の被告はその陰謀の首謀者なのかの二点について、評決に達するための協議を始めたわけだが、有罪にするつもりなら、そんなに簡単に引き揚げられるわけがない。だから、希望は捨てたものじゃない。もう終わりだなんて、簡単にあきらめたものじゃない。

被告席は階段状の雛壇《ひなだん》だった。一度に多くが裁かれるようになると、個々の人権を尊重している造りには感じられなくなった。裁判なしの投獄手続きだったとはいえ、まだしも個人に宛《あ》てられるだけ、革命前の封印状のほうが、よほど丁寧《ていねい》だった気さえする。いや、いや、そういうわけじゃねえ。革命裁判所ともあろう場所は決して……。

「起立」

廷吏《ていり》の声が響いた。がやがやしていた法廷は、その刹那《せつな》に静まりかえった。

土台が大した騒ぎになっていなかった。面白い証言があるでなく、思いがけない証人が呼ばれるでなく、激しい攻防が繰り広げられるわけでもないので、裁判も四日目ともなると、傍聴席はガラガラになっていたのだ。

さすがに面目ない気がした。が、これまでは面目ないと思うくらいの余裕もなかった。顎《あご》を引いて、うずくまるまま、ただジッと自分の手元ばかりみていたのだ。が、これじゃあ、いけねえ。さすがに、いけねえ。

エベールは顔を上げた。まず現れたのが判事と訴追検事だった。それぞれ所定の席につくや、続いて入廷してきたのが十三人の陪審員たちで、モモロの懐中時計によると、時刻はちょうど正午だった。

「評決に達しましたか」

と、裁判長デュマは質した。

「はい、達しました」

陪審員代表トランシャールが答えた。

「評決を読み上げてください」

「はい、まず被告人ラブローについてですが……」

名前を出されたのは、陸軍省の嘱託医《しょくたくい》である。

「陪審員十三人中九人が譲らず、無罪の評決に達しました」

おお、と人数も疎《まば》らながら法廷はどよめいた。無罪だ。無罪の評決が出たぞ。革命裁判所が無罪の評決を出すことがあるのか。傍聴席の感想を耳にするほど、やはり期待感は高まるばかりだった。

エベールは唾《つば》を呑《の》もうとした。が、とっくに喉《のど》はカラカラだった。いや、バクバク、バクバク高鳴りやがって、俺《おれ》っちの心臓ときたら、もう口から飛び出しちまうんじゃねえか。そう自分を茶化せただけ、やはりいくらかの余裕は取り戻されていた。

実際、頭のなかは白くならず、それらしい考えが駆け巡る。無罪か。いや、だから、そんなに欲張るもんじゃねえ。禁錮《きんこ》くらいは呑むからこその手打ちなんだ。ああ、それから新聞だって、燃やされてしまうかもしれねえな。

裁判長デュマが先を促した。その他の十九人については。

「有罪です」

そう聞こえてくれれば、やはり愉快ではなかった。いや、小心なエベールであれば、有罪という言葉の響きだけで、もう股間《こかん》が縮み上がる。すんでに吐き気までこみあげたが、それはなんとか堪《こら》えられた。うん、有罪は覚悟のうえだ。うん、うん、無罪放免だなんて、虫のいい話をするつもりはねえ。

聞きたいのは、その先だった。ああ、有罪だから、どうだっていうところだ。

「そのうち、ケティノー夫人については禁錮が適当だと思われます」

「残りは？」

「死刑が適当と思われます」

陪審員代表トランシャールは、そう評決を告げた。

39――目が覚めて

エベール、エベール、エベール。何度も名前を呼ばれながら、はじめ頬《ほお》を叩《たた》かれたのかと思った。が、実際には痛いのではなく寒いのだった。どうして寒い？　頬を風が流れるからか。これはまだ冷たい三月の風なのか。

「しかし、いくら古い建物だからって、革命裁判所に隙間風《すきまかぜ》なんて……」

知らずに洩《も》れた我ながらの声と言葉に、エベールはハッとした。自分ではガバッと跳び起きたつもりだったが、身体《からだ》が一寸《ちよつと》も動かなかった。起きるまでもなく、すでに座らされる格好だったが、その手足が紐《ひも》で縛られていたのだ。

――どういうことだ。

目の前を流れるのは、パリの街並のようだった。パレ・ロワイヤル改めパレ・エガリテがみえて、ジャコバン僧院がみえて、フイヤン僧院がみえて、ああ、ここはサン・トノレ通りか。

右手にコンセプシヨン会の僧院、左手にアソンプシヨン会の僧院とみえて、連なる建物の切れ目を左に折れれば、八角形の広場が大きく開けていた。聳《そび》えていたのが、自由の女神だ。服装は古代風で、てえか、ひらひらした布の下は、なにかつけてんのか。もしかピラッとめくってみたら、もう、みたいところがみえたりしてな。

妙に愉快な気分になって、エベールは笑いを嚙《か》んだ。くく、くく、ほんと、いい女だなあ。ハキハキものをいいそうな勝気な顔つきなんか、どことなくクレール・ラコンブに似てるなあ。ああ、一回だけでも、こういう女とヤりたいなあ。

「んなこといっても、俺《おれ》っち、もう起《た》たないわけだけど」

「ああ、エベール、目が覚めたのか」

「えっ」

隣にモモロが座っていた。やはり手を後ろに回されていた。ぶんぶんと頭を振って、起き抜けの靄《もや》を必死に払いながら、エベールはもっと慌てろと自分にけしかけた。

「なんなんだ、これ。さっきから、どういうことだよ」

「刑場行きの馬車に乗せられているんだ。罪人を晒《さら》し者にするために、幌《ほろ》も、覆いもないという特製のな」

「てえことは、ああ、ここは革命広場なのか」

愚問だった。大都会パリに大穴を開けたような広場には、大口を開けた巨大な虫かなにかにみえる大仕掛け、エベールが呼んできたところの、「聖断頭台《サン・ギヨティーヌ》さま」が鎮座していた。

モモロは続けた。

「ああ、そうだ。俺たちは、もう殺されてしまうんだ」

「ちょ、ちょっと待てよ。そんな急な話があるかよ。いきなりで心の準備もできてねえよ」

「仕方ないさ、エベール」

その声から、背中合わせに座していたのはロンサンだとわかった。ロンサンの隣がヴァンサンということらしい。ああ、エベール兄《にい》、あんた、誰かを責められた筋じゃねえぜ。

「評決を聞いたとたん、気絶しちまったんだからな。そのまま今まで寝てたんだからな」

はん、情けねえ。ヴァンサンに吐き捨てられれば、確かに最後の記憶は法廷だった。

「死刑が適当と思われます」

陪審員代表の声を聞いて、とたんに卒倒したということらしいが、なるほど目が覚めていたならば、ひとつの疑問も抱《いだ》きえない展開だった。革命裁判所で判決が出れば、即日の死刑というのが、ここ最近の定式《じょうしき》なのだ。

「本当に殺されるんだ」

そう声に出して、とっさにエベールが覚悟したところ、きゅうと縮むかと思った。が、今日は反対に弛緩《しかん》した。股座《またぐら》に黒い濡《ぬ》れ染みが広がった。

エベールは失禁した。しかも、出る、出る。相当な量が出る。座席の板にも流れ出して、隣のモモロが堪《たま》らずに声を上げた。

「うわ、汚い。おまえ、洩らしたな、エベール」

「それに、なんだか臭《くさ》くないか」

「おお、ロンサンのいう通りだ。ああ、臭い。本当に臭い。エベール兄、あんた、なんか変な病気じゃないのか」

「病気なんか関係あるかよ」

もうじき死ぬんじゃねえかよ。嘆きの言葉と一緒に、エベールは泣き出した。ああ、嫌だ。ああ、嫌だ。殺されたくねえ。俺っち、殺されたくなんかねえんだよ。

同乗の誰もが同じ思いでいるはずだった。だからとエベールは思い切り泣き叫び、変な遠慮もしなかったのだが、あけすけに声に出すことと、心の内に留《とど》めることでは、微妙に意味が違うらしかった。

普段は冷静沈着なモモロも、さすがに苛々《いらいら》した声になった。

「泣くな、エベール。どんな風に嘆いても、今更どうしようもないじゃないか」

「それでも、俺っち、無念でならねえ」

「だから、どんなに無念でも、断頭台は逃れられないんだ」

「違う、違う。俺っちが無念でならねえのは、これっきりで共和国が駄目になっちまうことなんだ」

エベールに続いたのは、ガラガラと車輪が回る音だけだった。今度のモモロは沈黙した。他の面々も、なにか差し込まれでもしたかのように押し黙った。

「どうして、そう思うんです」

馬車の座席の一番離れた端のほうから、ドイツ訛《なま》りが聞いてきた。エベール派の知恵袋、プロイセン出身のアナカルシス・クローツらしい。

「わかんねえ。わかんねえ。でも確かに、これで共和国は終わりなんだよ」

そう打《ぶ》ち上げたとたん、また頭が混乱した。いっそうの涙が噴き出して、口を衝《つ》いて出てくるのは、また支離滅裂な言葉だけだった。いや、殺されたくないわけじゃねえ。それでも、俺っち、怖《こえ》えんだ。死ぬっていうことが、どうしようもなく怖えんだ。

「やっぱり、それなんじゃないですか」

「というが、クローツ先生よ、これこそ哲学的な命題じゃねえのか」

テュイルリ宮の大時計棟に目を凝らせば、もう時刻は五時半をすぎていた。風は冷たいながら、陽射《ひざ》しは春の芽月《ジェルミナール》、というか三月の末にしても強すぎるくらいで、まだ十分な明るさを残すどころか、革命広場の隅々までを視界に曝《さら》け出していた。

裁判所が閑散としていた割に、刑場の人出はなかなかのものだった。断頭台の周囲ぐるりに見物人が詰めかけて、のみならず露店がならび、香具師《やし》の類《たぐい》まで出ている。しかし、この御時世、そんなものに使う金が、よくぞあったものじゃねえか。

そんな風に妙に冷静に観察する自分もいた。ああ、そうか、金持ちどもが来やがったな。こしゃくなサン・キュロットの代表、「デュシェーヌ親爺《おやじ》」ことジャック・ルネ・エベールの哀れな最期《さいご》を、とくと見物してやろうって腹だな。無論のこと、エベールは今も泣き叫んでいるのだが、わかるものはわかるのだ。

馬車が止まった。迎えた髭面《ひげづら》は紛《まぎ》れもない「ムッシュー・ドゥ・パリ」、かの有名な死刑執行役人シャルル・アンリ・サンソンだった。

促されて馬車を降りる段になれば、足がもつれる。断頭台に向かう間もガクガクと膝《ひざ》が危うく、何度か転びそうになる。見物の群集には、そのたび大笑いされているというのに、エベールは子供のように天を仰いで、あけすけに泣き続けるのだ。

「さあ、髪を切るぞ」

「禿《は》げなのに、切るのかよ」

「後ろ髪だ」

「後ろ髪しかねえのに、そこに鋏《はさみ》を入れるのかよ」

「断頭台の刃がひっかかりたくはないだろう。二度も、三度も、やりなおしたくはないだろう」

「嫌だ、嫌だ、どっちも怖え。ひっかかるのも、やりなおすのも、痛そうだ」

泣きながらに言葉を継げば、なおのこと大きく笑われるばかりである。

「友よ、後生《ごしょう》だ。この私を、こんないかがわしい連中と一緒にしないでくれ」

叫んだのは、クローツだった。すっかり見下げられたと自覚はありながら、だからその外国人を恨もうとか、あるいは自分に活を入れて、いやしくも一派を率いた人間らしく、いくばくかの威厳を繕おうとか、そんな発想は露ほどもエベールの頭には浮かんでこない。

泣きながらも思うのは、友よと呼びかけたからには、見物の金持ちたちのなかには、クローツの縁者がいたのかな、なるほど土台が資産家だったものなど、相変わらず妙に冷静な読みでしかない。

40――臭い

「さらば《アデュー》、人類よ」

それがクローツが残した最後の言葉だった。さすがは哲学者だね。けっこうな洒落者《しやれもの》だね。プロイセン人のくせにフランス語でいうところがミソだね。そんなことを思いながらも、エベールはワンワンと声を上げて泣かずにはいられないのだ。

〝シュルシュルシュル、ダン〟

紐《ひも》が横枠を走る音と、刃が下枠に落ちる音。断頭台の処刑はそれだけだった。味気なくもある印象で淡々と進んでいくが、目が痛くなるくらい血の臭《にお》いを立ちこめさせて、それでも人間の命がひとつ、またひとつと絶たれていることを知らせていた。

あっという間に、残るは四人だけになった。ヴァンサン、ロンサン、モモロ、そしてエベールの順番だ。

ヴァンサンは最後まで強気な目つきを貫いた。が、やはり怖かったらしく、ガチガチと歯が鳴るあまりに、なにか叫ぶというような真似《まね》はできなかった。

〃シュルシュルシュル、ダン〃

襟《えり》を大きく広げられると、首はやけに白い印象だ。その周りにジワッと赤い線が走り、と思うや、そこから離れて頭が籠《かご》に転げ落ちる。台の下にいて、みえたわけではなかったが、想像だけでもエベールは目を逸《そ》らさずにいられなかった。が、逸らした先でも女たちは、喉《のど》に赤線を走らせていたのだ。

それは一種の抗議行動だった。夫や恋人、あるいは父親や息子を処刑された女たちは、赤い布を首に巻き、そうすることで断頭台による殺人を仄《ほの》めかしながら、当局に異議を唱えるようになっていた。

「クレール……」

と、エベールは呟《つぶや》いた。艶《つや》やかな黒髪に、濡《ぬ》れたような黒の瞳《ひとみ》、ちょっと大きめの口には派手な紅を引き、胸も高い、尻も大きいという、こんな女いるのかよと思うくらいの美人は、余人ではありえなかった。が、どうして、こんなところにいる。首に赤いものまで巻いて、誰が殺されるというのだ。蛇男ルクレールがいるでもないのに……。

――俺《おれ》っちのためにかよ。

エベールは鼻を啜《すす》った。なんだよ、俺っち、やっぱモテるんじゃねえか。当局に睨《にら》まれるかもしれねえってのに、それでも抗議しないじゃ済まされないってんだから、よっぽどの惚《ほ》れ方なんじゃねえか。おいおい、クレール、ヤらせねえなんていっときながら、俺っちにいじられることなんか想像して、もしかして昨日の夜あたり、ひとりでこいてきたんじゃねえだろう……。

〝シュルシュルシュル、ダン〟

ロンサンの処刑が終わったようだった。モモロの身体《からだ》が断頭台に縛られる段になったが、その背中を押したサンソンの手が止まった。起立して、俄《にわ》かに威儀を正し、なにごとかと頭《こうべ》を巡らせてみると、やってきたのは公安委員会と保安委員会の御歴々《おれきれき》だった。つまりはロベスピエールであり、サン・ジュストであり、ルバであり、車椅子《くるまいす》のクートンだ。

――おい、クレール、やばいぞ、逃げろ。

そう鋭く叫べたのは、心のなかだけだった。上辺《うわべ》のエベールは変わらずの号泣であり、惚れた女にみられていると思っても、見栄《みえ》を張るほどの余裕はない。それこそ禿《は》げ頭を隠す帽子を忘れてきたことにさえ気づかない。

幸いにして、偉そうな面々はまっすぐ断頭台のところまで来た。口を開いたのがクートンで、待たせては罪人に酷だからと、はじめにサンソンに仕事を促した。その間に近づいてきたのが、ルバとサン・ジュストだった。

「市民エベール。保安委員会の決定を伝える」

〝シュルシュルシュル、ダン〟

音が聞こえて、モモロが死んだことがわかった。注意が逸れた間にも、サン・ジュストが言葉を足した。

「特別の計らいだ、感謝したまえ、市民エベール」

「な、なんかいったのかよ」

「だから、保安委員会は女市民マリー・マルグリット・フランソワーズの逮捕を決めたといったのだ」

「…………」

そういえば、妻が来ていなかった。あの献身的な女が来ないはずがない。それなのに、来ていない。まさか亭主の浮気に腹を立てたわけでもあるまいしと思う間もなく、明かされたのは衝撃の事実だった。

逮捕されていた。俺っちのとばっちりで、マリー・マルグリット・フランソワーズまでが裁かれる。いや、それだけじゃなく、ほぼ間違いなく殺される。

エベールは鼻を啜った。へっ、特別の計らいだなんて、意地の悪い皮肉もあったもんだ。

「けど、それなら御生憎《おあいにく》さまだってんだ」

「なに」

「俺っちみたいに泣くと思ったら大間違いだぜ。ああ、あの女はみかけによらず強《つえ》えんだ。んでもって、俺っちのことを心から好いてくれてるんだ。俺っちがいないんだったら、生きてても仕方ねえなんて、喜んで殺されるに決まってんだ」

「まだ逮捕が決まっただけだ。処刑されるかどうかは革命裁判所で決まる……」

「嘘《うそ》つくなや、人殺し」

吠《ほ》えた勢いで、鼻水が長く垂れた。しかし手は縛られたままで、それを拭《ぬぐ》うことはできない。サン・ジュストは顔を顰《しか》めた。もはや正視に耐えないな。ああ、もう行くことにしよう。

頷《うなず》いたルバは、仕事を続けるようにとサンソンに合図を送り、それからクートンの車椅子を押した。最後に動き出したのが、最初から一語もなかったロベスピエールだった。

エベールは断頭台に背中を押された。そこから離れていく面々とは、擦《す》れ違う格好になった。そうして行《ゆ》きかおうとした刹那《せつな》だった。

――臭《くさ》い。

と、エベールは思った。いや、実際には臭《にお》わなかったかもしれない。もとより鼻水が垂れっ放しで、鼻は臭いと感じることもできなかったかもしれない。が、第六感が臭いと感じた。それも、ひどく臭いと感じた。うへ、臭《くせ》え。たまらないくらい臭え。皮かぶり野郎のチンカスくらい臭え。

──ロベスピエールが臭え。

なんてことだ。あの「清廉の士《アンコリュプティブル》」が臭え。信じられねえことだが、間違いねえ。そう続けたあげくにこみあげたのは、時ならぬ痛快な笑いだった。

「ひゃひゃひゃひゃひゃ」

泣き顔から一変、その間もエベールは笑い続けた。どうしてって、愉快じゃねえか、くそったれ。あの綺麗《きれい》だった男が、俺っちを殺し、たぶんダントンたちまで殺し、あげくが共和国まで滅ぼす、その理由が臭えってんだ。祖国のためでも、政治的な配慮からでも、ましてや徳のためでもねえ、どろどろの欲のためだってんだ。

「ひゃひゃひゃひゃ、それが証拠に、ロベスピエール、てめえの股座《またぐら》が臭えんだよ」

あまりの笑い方に、澄まし顔の一同も振りかえった。ひゃひゃひゃひゃ、やっぱりだ。清潔ぶってみせるものの、陰でなにやってるかわからねえ、ほとんど変態野郎の顔だ。いいね、いいね。人間、これだから素敵だぜ。ああ、人間てのは、臭えんだ。サン・キュロットも、ブルジョワも、変わらずに臭えんだ。野卑だ、下劣だ、低俗だと、いくら軽蔑《けいべつ》されようが、だから俺っち、改めようとは思わねえ。絶対に間違っちゃいねえからだ。俺っちこそ正しいんだって、いつか必ずわかるからだ。

「だから、くそったれ調も復活といかせてもらうぜ」

断頭台の「窓」に顔を入れさせられても、エベールはわめいた。おい、ロベスピエール、ちっこいもの、おったてて、猿みてえにしごいてんじゃねえぞ。
「モジャモジャ、ヌレヌレのところに突っこんで、てめえだって、やっぱりヤりてえだけじゃねえか……」

くそったれと台詞《せりふ》を決めたつもりが、その声が聞こえなかった。なにも聞こえず、なにもみえず、なにも臭わない。それが死というものなのだと、エベールは……。

主要参考文献

・J・ミシュレ『フランス革命史』（上下）桑原武夫／多田道太郎／樋口謹一訳　中公文庫　2006年

・R・ダーントン『革命前夜の地下出版』関根素子／二宮宏之訳　岩波書店　2000年

・R・シャルチエ『フランス革命の文化的起源』松浦義弘訳　岩波書店　1999年

・G・ルフェーヴル『1789年―フランス革命序論』高橋幸八郎／柴田三千雄／遅塚忠躬訳　岩波文庫　1998年

・G・ルフェーブル『フランス革命と農民』柴田三千雄訳　未来社　1956年

・S・シャーマ『フランス革命の主役たち』（上中下）栩木泰訳　中央公論社　1994年

・F・ブリュシュ／S・リアル／J・テュラール『フランス革命史』國府田武訳　白水社文庫クセジュ　1992年

・B・ディディエ『フランス革命の文学』小西嘉幸訳　白水社文庫クセジュ　1991年

・R・セディヨ『フランス革命の代償』山崎耕一訳　草思社　1991年

・E・バーク『フランス革命の省察』半澤孝麿訳　みすず書房　1989年

・J・スタロバンスキー『フランス革命と芸術』井上堯裕訳　法政大学出版局　1989年

・G・セレブリャコワ『フランス革命期の女たち』（上下）西本昭治訳　岩波新書　1973年

・スタール夫人『フランス革命文明論』（第1巻〜第3巻）井伊玄太郎訳　雄松堂出版　1993年
・A・ソブール『フランス革命と民衆』井上幸治監訳　新評論　1983年
・A・ソブール『フランス革命』（上下）小場瀬卓三／渡辺淳訳　岩波新書　1953年
・G・リューデ『フランス革命と群衆』前川貞次郎／野口名隆／服部春彦訳　ミネルヴァ書房　1963年
・A・マチエ『フランス大革命』（上中下）ねづまさし／市原豊太訳　岩波文庫　1958〜1959年
・J・M・トムソン『ロベスピエールとフランス革命』樋口謹一訳　岩波新書　1955年
・遅塚忠躬『フランス革命を生きた「テロリスト」』NHK出版　2011年
・遅塚忠躬『ロベスピエールとドリヴィエ』東京大学出版会　1986年
・新人物往来社編『王妃マリー・アントワネット』新人物往来社　2010年
・安達正勝『フランス革命の志士たち』筑摩選書　2012年
・安達正勝『物語　フランス革命』中公新書　2008年
・野々垣友枝『1789年　フランス革命論』大学教育出版　2001年
・河野健二『フランス革命の思想と行動』岩波書店　1995年
・河野健二／樋口謹一『世界の歴史15　フランス革命』河出文庫　1989年
・河野健二『フランス革命二〇〇年』朝日選書　1987年
・河野健二『フランス革命小史』岩波新書　1959年

- 柴田三千雄『フランス革命』岩波書店　１９８９年
- 柴田三千雄『パリのフランス革命』東京大学出版会　１９８８年
- 芝生瑞和『図説　フランス革命』河出書房新社　１９８９年
- 多木浩二『絵で見るフランス革命』岩波新書　１９８９年
- 川島ルミ子『フランス革命秘話』大修館書店　１９８９年
- 田村秀夫『フランス革命』中央大学出版部　１９７６年
- 前川貞次郎『フランス革命史研究』創文社　１９５６年

◇

- Artarit, J., *Robespierre*, Paris, 2009.
- Attar, F., *Aux armes, citoyens!: Naissance et fonctions du bellicisme révolutionnaire*, Paris, 2010.
- Bessand-Massenet, P., *Femmes sous la Révolution*, Paris, 2005.
- Bessand-Massenet, P., *Robespierre: L'homme et l'idée*, Paris, 2001.
- Biard, M., *Parlez-vous sans-culotte?: Dictionnaire du "Père Duchesne", 1790–1794*, Paris, 2009.
- Bonn, G., *La Révolution française et Camille Desmoulins*, Paris, 2010.
- Carrot, G., *La garde nationale, 1789–1871*, Paris, 2001.
- Claretie, J., *Camille Desmoulins, Lucile Desmoulins*, Paris, 1875.
- Cubells, M., *La Révolution française: La guerre et la frontière*, Paris, 2000.
- Dingli, L., *Robespierre*, Paris, 2004.
- Dupuy, R., *La garde nationale, 1789–1872*, Paris, 2010.

- Dupuy, R., *La République jacobine: Terreur, guerre et gouvernement révolutionnaire, 1792–1794*, Paris, 2005.
- Fayard, J. F., *Les 100 jours de Robespierre, Les complots de la fin*, Paris, 2005.
- Gallo, M., *L'homme Robespierre: Histoire d'une solitude*, Paris, 1994.
- Gallo, M., *Révolution française: Aux armes, citoyens! 1793–1799*, Paris, 2009.
- Hardman, J., *The French revolution sourcebook*, London, 1999.
- Haydon, C., and Doyle, W., *Robespierre*, Cambridge, 1999.
- Martin, J.C., *La Vendée et la Révolution: Accepter la mémoire pour écrire l'histoire*, Paris, 2007.
- Mason, L., *Singing the French revolution: Popular culture and politics, 1787–1799*, London, 1996.
- Mathan, A. de, *Girondins jusqu'au tombeau: Une révolte bordelaise dans la Révolution*, Bordeaux, 2004.
- Mathiez, A., *Le club des Cordeliers pendant la crise de Varennes, et le massacre du Champ de Mars*, Paris, 1910.
- McPhee, P., *Living the French revolution, 1789-99*, New York, 2006.
- McPhee, P., *Robespierre: A revolutionary life*, New Haven, 2012.
- Monnier, R., *À Paris sous la Révolution*, Paris, 2008.
- Palmer, R.R., *Twelve who ruled: The year of the terror in the French revolution*, Princeton, 2005.

- Popkin, J.D., *La presse de la Révolution: Journaux et journalistes, 1789–1799*, Paris, 2011.
- Robespierre, M.de, *Œuvres de Maximilien Robespierre, T.1–T.10*, Paris, 2000.
- Robinet, J.F., *Danton homme d'État*, Paris, 1889.
- Saint-Just, *Œuvres complètes*, Paris, 2003.
- Schmidt, J., *Robespierre*, Paris, 2011.
- Scurr, R., *Fatal purity: Robespierre and the French revolution*, New York, 2006.
- Soboul, A., *La Ire République (1792–1804)*, Paris, 1968.
- Vinot, B., *Saint-Just*, Paris, 1985.
- Vovelle, M., *Combats pour la révolution française*, Paris, 2001.
- Vovelle, M., *Les Jacobins, De Robespierre à Chevènement*, Paris, 1999.
- Walter, G.édit., *Actes du tribunal révolutionnaire*, Paris, 1968.

解説

細谷正充

ある特定の世代にとって、フランス革命とは、池田理代子の『ベルサイユのばら』である。一九七二年から翌七三年にかけて、「週刊マーガレット」で連載された『ベルサイユのばら』は、フランス革命へと至る歴史の流れを背景に、軍人として生きる男装の麗人《れいじん》オスカルと、その従卒のアンドレや、フランス王妃のマリー・アントワネットを中心に、多数の人物のドラマを描いた少女漫画だ。もともと少女漫画には、コスチューム・プレイ物と呼ばれる史劇のジャンルがあり、『ベルサイユのばら』もそれに該当する。なお余談になるが、池田理代子は『王の逃亡　小説フランス革命7』の解説を執筆している。だが、自作については一切触れていない。その態度が、実に恰好《かっこう》良いのである。

連載時から評判の高かった『ベルサイユのばら』だが、一九七四年に宝塚歌劇団で舞台化されると、これがビッグ・ヒット。当時、人気の低迷していた宝塚歌劇団の英断であった。その後、テレビアニメや劇場アニメも制作され、いわゆる〝ベルばら〟ブームが巻き起こったのである。――と、他人事《ひとごと》のように書いているが、私もこの〝ベルばら〟ブームにより『ベルサイユのばら』を手に取った。以後、やはりフランス革命を背景にしながら、少女の波乱に富んだ人生を描いた上原きみこ（現・上原きみ子）の『マリーベル』や、ジョゼフ・フーシェをモデルにした男の半生をシニカルに綴った倉多江美の『静粛に、天才只今《ただいま》勉強中！』も、大いに楽しんだものである。私のフランス革命の基礎知識は、この三作の漫画によって形成された。

こうなると小説でも、フランス革命を扱った作品を読みたくなったのだが、チャールズ・ディケンズの『二都物語』や、ヴィクトル・ユーゴーの『九十三年』など、どうしても翻訳物になってしまう。まあ、当たり前だ。日本の歴史・時代小説は基本的にエンターテインメントであり、西洋の歴史を受容するほど、読者が成熟していなかったのである。フランスの歴史に深い関心を寄せていた大佛《おさらぎ》次郎が、パリ・コミューンの全貌を活写した『パリ燃ゆ』などで、ノンフィクションというスタイルを選択したことが、その証明の一助となろう。後に、遠藤周作の『王妃マリー・アントワネット』や、辻邦生の『フーシェ革命暦』のような、日本人作家がフランス革命を扱った歴史小説も生まれるようになったが、まことに片々たるものであった。

それだけに、日本では稀《まれ》な西洋歴史小説の書き手である佐藤賢一が、『黒い悪魔』を発表したときは嬉《うれ》しかった。フランス軍人のトマ・アレクサンドル・デュマ（『モンテ・クリト伯』『ダルタニャン物語』の作者として有名なアレクサンドル・デュマ・ペールの父親）を主人公にした長篇は、フランス革命からナポレオンへと至る時代が背景となっているのだ。ああ、こんな風に人物が躍動するフランス革命が読みたかったんだよと、大満足。さらに『黒い悪魔』を執筆した作者なら、いつかフランス革命の全貌を正面から描いてくれるのではないかと、大いに期待してしまったのだ。そしてその願いは、数年後に実現する。『小説フランス革命』によって。

『小説フランス革命』は、「小説すばる」二〇〇七年一月号から一二年十二月号にかけて連載された大作である。単行本で、全十二巻。本文庫は、それを全十八巻に再編成している。本書は単行本の第十一巻『徳の政治』の前半部分だ。

物語は、イギリス海軍に占領されていた、フランス海軍の最重要軍港であるトゥーロンを奪還したという朗報から始まる。これで恐怖政治の続くフランスも、いい方向に落ち着くのではないか。寛大派（ダントン派）の国民公会議員で、新聞『コルドリエ街の古株』を発行しているカミーユ・デムーランは愁眉を開く。だが、時代の流れは、彼の想いを裏切る。サン・ジュストに煽《あお》られたロベスピエールは、自らの信じる〝徳の政治〟を実現するため、エベール派の処分を決意。デムーランやダントンの奔走《ほんそう》空しく、エベールたちは処刑されるのであった。

周知のようにフランス革命は、ふたつのパートに分かれている。絶対王政を打倒した前半が革命の高揚に彩られているなら、後半の共和政の内紛は、現実の苦々しさに満ちている。せっかく共和政が実現したものの、フランスは揺れに揺れ、政治の指導者たちも派閥に分かれて内紛を繰り返す。それを鎮静化するためにロベスピエールが採った手段が恐怖政治である。反対派を次々と処刑するロベスピエールは、自身の唱える〝徳の政治〟とかけ離れているように見える。だが、徳の政治が、

「徳なしでは恐怖は有害であり、恐怖なしでは徳は無力である。その理《ことわり》を万人が理解して、正しき独裁を支えていくこと」

だというなら、彼の行動は筋が通っている。ただ、自分の理想と思想だけが唯一の正解だと信じていたことが、フランス革命後半の数多《あまた》の悲劇へと繋がっていったのだろう。とはいえ悲劇の原因を、ロベスピエールひとりに還元するのは間違いだ。サン・ジュスト、デムーラン、ダントン、エベール……。大勢の人々の思惑が絡み合い、否応なく、時代が動いていく。それぞれの人物の心に、深く切り込みながら、歴史を俯瞰《ふかん》する作者の手腕は、賞賛するしかない。

さらに、革命政権下のフランスが、現代の日本と似通っている点も、注目すべきポイントである。ギスギスした世間の空気。場当たりな経済政策。指導者たちの派閥争い。

時代を越えて通じ合う、閉塞した状況に、今の日本を考えずにはいられない。しかも今年（二〇一五年）に入ってからは、フランスの風刺新聞「シャルリー・エブド」が武装した複数犯に襲撃され多数の死者が出たテロ事件や、イスラム過激派に拘束された邦人二人が殺害されたといわれる事件など、日本どころか世界中を震撼《しんかん》させる事件が立て続けに起こっている。もしかしたら私たちは、新たな時代の変革期を生きることになるのかもしれない。だからこそ、巨大な時代の変革を見つめた『小説フランス革命』から得るものは、あまりにも大きいのである。

いや、それにしてもだ。よくぞ、これほどの規模で、フランス革命を描き切ったものである。そんな感嘆に浸っていると、そもそもの物語の冒頭が頭を過《よぎ》った。『革命のライオン　小説フランス革命1』で、ジャック・ネッケルが、森を切り拓いて造られたヴェルサイユ宮殿について思いを馳せる場面だ。ちょっと引用してみよう。

「人間が多少の手を加えたくらいでは、森が森であり続けることまでは止められなかった。輝くばかりの文明の表現として、ヴェルサイユ宮殿の名前が世界に轟《とどろ》きわたるほど、その森は負けじと緑の色を濃くして、かえって野趣を増していくようでさえあった。

――わずかも油断してしまえば、たちまち呑《の》みこまれてしまう。

ぞくと不意の寒さに襲われながら、ネッケルは胸奥に言葉を続けた」

この場面は、フランスという国家の在り方を表現すると同時に、歴史と歴史小説の関係も表現したように見受けられる。

そもそも歴史小説とは何か。歴史上の出来事や人物を題材にした小説である。ただ、それで片づけてしまうと、あまりにも表層的だ。単に史実を辿《たど》るだけなら、歴史書を手に取ればいい。それなのに多くの人は、なぜ歴史を小説で読みたがるのだろう。作者の解釈（＝史観）が知りたいからだ。

たとえば作者の『女信長』。歴史小説の主人公として、星の数ほど描かれてきた信長が、実は女だったとし、史実を読み替える。声が高かったことや、鉄砲を積極的に活用したことなど、よく知られた史実が、それによりまったく別の意味を持って立ち上がってくるのだ。信長を女にした『女信長』は極端な例だが、だからこそ歴史小説の魅力の本質が、理解できるのである。

そんな作者だが、フランス革命という巨大な森に手を加えるのは、並々ならぬ苦労があったことだろう。単行本で十二巻、文庫で十八巻。分量だけでいっても、これだけの長さが必要だったのだ。しかも、ひとりひとりの登場人物を掘り下げ、絡ませ、そこから生まれるドラマを通じて、自己の史観を示さなければならない。人の世と人の心が持つ、高貴なものから卑賤《ひせん》なものまで。そのすべてをひっくるめて表現することで、作者は他の誰にも書けない佐藤版フランス革命を描破してのけた。日本人だからこそ味わうことのできる、究極のフランス革命が、ここにあるのだ。

なお、本書の冒頭には、トゥーロン奪還で出色の働きをした若き砲兵隊長として、ナポレオン・ボナパルトの名前が登場する。史実なので書いてしまうが、ロベスピエールたちの処刑によりフランス革命はひとつの区切りを迎え、総裁政府が樹立されるが、その数年後にはナポレオンが台頭し、フランス皇帝になるのである。作者は『小説フランス革命』の後を受け、そのナポレオンを主人公にした長篇の連載を、今年（二〇一五年）から始めている。集英社のWEB文芸「レンザブロー」に掲載されている『小説ナポレオン』だ。フランス皇帝ナポレオンの戴冠式から始まる物語が、どのようなものになるか、現時点では分からない。でも、『小説フランス革命』と併せて、巨大な歴史の流れを体感させてくれることは、間違いなかろう。フランス革命が終わっても、フランスの歴史は終わらない。そして佐藤賢一の、歴史との格闘も終わることがないのだ。

（ほそや・まさみつ　文芸評論家）

小説フランス革命 1～18巻 関連年表

（　　の部分が本巻に該当）

1

1774年5月10日	ルイ16世即位
1775年4月19日	アメリカ独立戦争開始
1777年6月29日	ネッケルが財務長官に就任
1778年2月6日	フランスとアメリカが同盟締結
1781年2月19日	ネッケルが財務長官を解任される
1787年8月14日	国王政府がパリ高等法院をトロワに追放
	——王家と貴族が税制をめぐり対立——
1788年7月21日	ドーフィネ州三部会開催
8月8日	国王政府が全国三部会の召集を布告
8月16日	「国家の破産」が宣言される
8月26日	ネッケルが財務長官に復職
	——この年フランス全土で大凶作——
1789年1月	シェイエスが『第三身分とは何か』を出版

3月23日	マルセイユで暴動
3月25日	エクス・アン・プロヴァンスで暴動
4月27～28日	パリで工場経営者宅が民衆に襲われる（レヴェイヨン事件）
5月5日	ヴェルサイユで全国三部会が開幕
同日	ミラボーが『全国三部会新聞』発刊
6月4日	王太子ルイ・フランソワ死去
6月17日	第三身分代表議員が国民議会の設立を宣言
1789年6月19日	ミラボーの父死去
6月20日	球戯場の誓い。国民議会は憲法が制定されるまで解散しないと宣誓
6月23日	王が議会に親臨、国民議会に解散を命じる
6月27日	王が譲歩、第一・第二身分代表議員に国民議会への合流を勧告
7月7日	国民議会が憲法制定国民議会へと名称を変更
	——王が議会へ軍隊を差し向ける——
7月11日	ネッケルが財務長官を罷免される
7月12日	デムーランの演説を契機にパリの民衆が蜂起

3

1789年7月14日 パリ市民によりバスティーユ要塞陥落
——地方都市に反乱が広まる——
7月15日 バイイがパリ市長に、ラ・ファイエットが国民衛兵隊司令官に就任
7月16日 ネッケルがみたび財務長官に就任
7月17日 ルイ16世がパリを訪問、革命と和解
7月28日 ブリソが『フランスの愛国者』紙を発刊
8月4日 議会で封建制の廃止が決議される
8月26日 議会で「人間と市民の権利に関する宣言」（人権宣言）が採択される
9月16日 マラが『人民の友』紙を発刊
10月5～6日 パリの女たちによるヴェルサイユ行進。国王一家もパリに移動

4

1789年10月9日 ギヨタンが議会で断頭台の採用を提案
10月10日 タレイランが議会で教会財産の国有化を訴える
10月19日 憲法制定国民議会がパリに移動
10月29日 新しい選挙法・マルク銀貨法案が議会で可決
11月2日 教会財産の国有化が可決される

11月頭	ブルトン・クラブが憲法友の会と改称し、集会場をパリのジャコバン僧院に置く（ジャコバン・クラブの発足）
11月28日	デムーランが『フランスとブラバンの革命』紙を発刊
12月19日	アッシニャ（当初国債、のちに紙幣としても流通）発売開始
1790年1月15日	全国で83の県の設置が決まる
3月31日	ロベスピエールがジャコバン・クラブの代表に
4月27日	コルドリエ僧院に人権友の会が設立される（コルドリエ・クラブの発足）
1790年5月12日	パレ・ロワイヤルで1789年クラブが発足
5月22日	宣戦講和の権限が国王と議会で分有されることが決議される
6月19日	世襲貴族の廃止が議会で決まる
7月12日	聖職者の俸給制などを盛り込んだ聖職者民事基本法が成立
7月14日	パリで第一回全国連盟祭
8月5日	駐屯地ナンシーで兵士の暴動（ナンシー事件）
9月4日	ネッケル辞職

1790年9月初旬	エベールが『デュシェーヌ親爺』紙を発行
1790年11月30日	ミラボーがジャコバン・クラブの代表に
12月27日	司祭グレゴワール師が聖職者民事基本法に最初に宣誓
12月29日	デムーランとリュシルが結婚
1791年1月	宣誓聖職者と宣誓拒否聖職者が議会で対立、シスマ（教会大分裂）の引き金に
1月29日	ミラボーが第44代憲法制定国民議会議長に
2月19日	内親王二人がローマへ出立。これを契機に亡命禁止法の議論が活性化
4月2日	ミラボー死去。後日、国葬でパンテオンに偉人として埋葬される
	6
1791年6月 20～21日	国王一家がパリを脱出、ヴァレンヌで捕らえられる（ヴァレンヌ事件）
	7

8

1791年6月21日　一部議員が国王逃亡を誘拐にすりかえて発表、廃位を阻止

7月14日　パリで第二回全国連盟祭

7月16日　ジャコバン・クラブ分裂、フイヤン・クラブ発足

7月17日　シャン・ドゥ・マルスの虐殺

9

1791年8月27日　ピルニッツ宣言。オーストリアとプロイセンがフランスの革命に軍事介入する可能性を示す

9月3日　91年憲法が議会で採択

9月14日　ルイ16世が憲法に宣誓、憲法制定が確定

9月30日　ロベスピエールら現職全員が議員資格を失う

10月1日　新しい議員たちによる立法議会が開幕

——秋から天候が崩れ大凶作に——

11月9日　亡命貴族の断罪と財産没収が法案化

11月16日　ペティオンがラ・ファイエットを選挙で破りパリ市長に

11月25日　宣誓拒否僧監視委員会が発足

1791年11月28日　ロベスピエールが再びジャコバン・クラブの代表に
12月3日　亡命中の王弟プロヴァンス伯とアルトワ伯が帰国拒否声明
——王、議会ともに主戦論に傾く——
12月18日　ロベスピエールがジャコバン・クラブで反戦演説

1792年1月24日　立法議会が全国5万人規模の徴兵を決定
3月3日　エタンプで物価高騰の抑制を求めて庶民が市長を殺害（エタンプ事件）
3月23日　ロランが内務大臣に任命され、ジロンド派内閣成立
3月25日　フランスがオーストリアに最後通牒を出す
4月20日　オーストリアに宣戦布告
——フランス軍、緒戦に敗退——
6月13日　ジロンド派の閣僚が解任される
6月20日　パリの民衆がテュイルリ宮へ押しかけ国王に抗議、しかし蜂起は不発に終わる

1792年7月6日	デムーランに長男誕生
7月11日	議会が「祖国は危機にあり」と宣言
7月25日	ブラウンシュヴァイク宣言。オーストリア・プロイセン両国がフランス王家の解放を求める
8月10日	パリの民衆が蜂起しテュイルリ宮で戦闘。王権停止（8月10日の蜂起）
8月11日	臨時執行評議会成立。ダントンが法務大臣、デムーランが国璽尚書に
8月13日	国王一家がタンプル塔へ幽閉される

11

1792年9月2〜6日	パリ各地の監獄で反革命容疑者を民衆が虐殺（九月虐殺）
9月20日	ヴァルミィの戦いでデュムーリエ将軍率いるフランス軍がプロイセン軍に勝利
9月21日	国民公会開幕、ペティオンが初代議長に。王政廃止を決議
9月22日	共和政の樹立（フランス共和国第1年1月1日）
11月6日	ジェマップの戦いでフランス軍がオーストリア軍に勝利、約ひと月でベルギー全域を制圧

12

1792年11月13日　国民公会で国王裁判を求めるサン・ジュストの名演説
11月27日　フランスがサヴォワを併合
12月11日　ルイ16世の裁判が始まる
1793年1月20日　ルイ16世の死刑が確定
1月21日　ルイ16世がギロチンで処刑される
1793年1月31日　フランスがニースを併合
——急激な物価高騰——
2月1日　国民公会がイギリスとオランダに宣戦布告
2月14日　フランスがモナコを併合
2月24日　国民公会がフランス全土からの30万徴兵を決議
2月25日　パリで食糧暴動
3月10日　革命裁判所の設立。同日、ヴァンデの反乱。これをきっかけに、
フランス西部が内乱状態に
4月6日　公安委員会の発足
4月9日　派遣委員制度の発足

13

1793年5月21日	十二人委員会の発足
5月31日〜6月2日	アンリオ率いる国民衛兵と民衆が国民公会を包囲、ジロンド派の追放と、ジャコバン派の独裁が始まる
6月3日	亡命貴族の土地売却に関する法律が国民公会で決議される
6月24日	共和国憲法（93年憲法）の成立

14

1793年7月13日	マラが暗殺される
7月27日	ロベスピエールが公安委員会に加入
8月23日	国民総動員令による国民皆兵制が始まる
8月27日	トゥーロンの王党派が蜂起、イギリスに港を開く
9月5日	パリの民衆がふたたび蜂起、国民公会で恐怖政治（テルール）の設置が決議される
9月17日	嫌疑者法の成立
9月29日	一般最高価格法の成立

15

1793年10月5日 革命暦（共和暦）が採用される（フランス共和国第2年1月19日）
10月16日 マリー・アントワネットが処刑される
10月31日 ブリソらジロンド派が処刑される
11月8日 ロラン夫人が処刑される
11月10日 パリで理性の祭典。脱キリスト教運動が急速に進む
12月5日 デムーランが『コルドリエ街の古株』紙を発刊
12月19日 ナポレオンらの活躍によりトゥーロン奪還、
この頃ヴァンデの反乱軍も次々に鎮圧される

16

1794年 ——食糧不足がいっそう深刻に——
3月3日 反革命者の財産を没収し貧者救済にあてる風月法が成立
3月5日 エベールを中心としたコルドリエ派が蜂起、失敗に終わる
3月24日 エベール派が処刑される

17

1794年4月1日 執行評議会と大臣職の廃止、警察局の創設
——公安委員会への権力集中が始まる——

4月5日	ダントン、デムーランらダントン派が処刑される
4月13日	リュシルが処刑される
5月10日	ルイ16世の妹エリザベート王女が処刑される
5月23日	ロベスピエールの暗殺未遂（赤服事件）
6月4日	共通フランス語の統一、フランス各地の方言の廃止
6月8日	シャン・ドゥ・マルスで最高存在の祭典。ロベスピエールの絶頂期
6月10日	訴訟手続きの簡略化を図る草月法が成立。恐怖政治の加速
6月26日	フルーリュスの戦いでフランス軍がオーストリア軍を破る
1794年7月26日	ロベスピエールが国民公会で政治の浄化を訴えるが、議員ら猛反発
7月27日	国民公会がロベスピエールに逮捕の決議、パリ自治委員会が蜂起（テルミドール九日の反動）
7月28日	ロベスピエール、サン・ジュストら処刑される

18

初出誌　「小説すばる」二〇一二年一月号～二〇一二年四月号

二〇一三年六月に刊行された単行本『徳の政治　小説フランス革命Ⅺ』と、二〇一三年九月に刊行された単行本『革命の終焉　小説フランス革命Ⅻ』（共に集英社刊）の二冊を文庫化にあたり再編集し、三分冊しました。

本書はその一冊目にあたります。

佐藤賢一の本

王妃の離婚

1498年フランス。国王が王妃に対して離婚裁判を起こした。田舎弁護士フランソワは、その不正な裁判に義憤にかられ、孤立無援の王妃の弁護を引き受ける……。直木賞受賞の傑作。

佐藤賢一の本

カルチェ・ラタン

時は16世紀。学問の都パリはカルチェ・ラタン。世間知らずの夜警隊長ドニと女たらしの神学僧ミシェルが巻き込まれたある事件とは？　宗教改革の嵐が吹き荒れる時代の青春群像。

集英社文庫

集英社文庫

徳《とく》の政治《せいじ》 小説《しょうせつ》フランス革命《かくめい》16

2015年3月25日 第1刷
2020年10月10日 第2刷

定価はカバーに表示してあります。

著者 佐藤賢一《さとうけんいち》

発行者 徳永 真

発行所 株式会社 集英社
東京都千代田区一ツ橋2-5-10 〒101-8050
電話 【編集部】03-3230-6095
【読者係】03-3230-6080
【販売部】03-3230-6393(書店専用)

印刷 凸版印刷株式会社

製本 凸版印刷株式会社

フォーマットデザイン アリヤマデザインストア マークデザイン 居山浩二

ISBN978-4-08-745296-9 C0193